子午鸳鸯钺

白 羽 ◎ 著

民国武侠小说典藏文库·白羽卷

中国文史出版社

我的生平

生而为纨绔子

民国纪元前十三年九月九日，即己亥年八月初五日，我生于"马厂誓师"的马厂。

祖父讳得平，大约是老秀才，在故乡东阿做县吏。祖母周氏，系出名门。祖母生前常夸说：她的祖先曾在朝中做过大官，不信，"俺坟上还有石人石马哩！"这是真的。什么大官呢？据说"不是吏部天官，就是当朝首相"，在什么时候呢？说是"明朝"！

大概我家是中落过的了，我的祖父好像只有不多的几十亩地。而祖母的娘家却很阔，据说嫁过来时，有一顷啊也不是五十亩的奁田。为什么嫁祖父呢？好像祖母是个独生女，很娇生，已逾及笄，择婿过苛，怕的是公公婆婆、大姑小姑、妯娌娌娌……人多受气，吃苦。后来东床选婿，相中了我的祖父，家虽中资，但是光棍儿，无公无婆，无兄无弟，进门就当家。而且还有一样好处。俗谚说："大女婿吃馒头，小女婿吃拳头。"我的祖父确大过她几岁。于是这"明朝的大官"家的姑娘，就成为我的祖母了。

1

然而不然，我的祖父脾气很大，比有婆婆还难伺候。听二伯父说，祖父患背疽时，曾经挺打祖母，又不许动，把夏布衫都打得渗血了。

　　我们也算是"先前阔"的，不幸，先祖父遗失了库银，又遇上黄灾。老祖母与久在病中的祖父，拖着三个小孩（我的两位伯父与我的父亲，彼时父亲年只三岁），为了不愿看亲族们的炎凉之眼，赔偿库银后，逃难到了济宁或者是德州，受尽了人世间的艰辛。不久老祖父穷愁而死了。我的祖母以三十九岁的孀妇，苦斗，挣扎，把三子抚养成人。——这已是六十年前的事了。

　　我七岁时，祖母还健在：腰板挺得直直的，面上表情很严肃，但很爱孙儿，——我就跟着祖母睡，曾经一泡尿，把祖母浇了起来——却有点偏心眼，爱儿子不疼媳妇，爱孙儿不疼孙女。当我大妹诞生时，祖母曾经咳了一声说："又添了一个丫头子！"这"又"字只是表示不满，那时候大妹还是唯一的女孩哩！

　　我的父亲讳文彩，字协臣，是陆军中校袁项城的卫队。母亲李氏，比父亲小着十六岁。父亲行三，生平志望，在前清时希望戴红顶子，入民国后希望当团长，而结果都没有如愿；只做了二十年的营官，便殁于复辟之役的转年，地在北京西安门达子营。

　　大伯父讳文修，二伯父讳文兴。大伯父管我最严，常常罚我跪，可是他自己的儿子和孙子都管不了。二伯父又过于溺爱我。有一次，我拿斧头砍那掉下来的春联，被大伯父看见，先用掸子敲我的头一下，然后画一个圈，教我跪着。母亲很心疼地在内院叫，我哭声答应，不敢起来。大伯父大声说："斧子劈福字，你这罪孽！"忽然绝处逢生了，二伯父施施然自外来，一把先将我抱起，我哇的大哭了，然后二伯父把大伯父"卷"了一顿。大伯父干瞪眼，惹不起我的"二大爷"！

大伯父故事太多，好苛礼，好咬文，有一种嗜好：喜欢磕头、顶香、给人画符。

二伯父不同，好玩鸟，好养马，好购买成药，收集"偏方"；"偏方治大病！"我确切记得：有两回很出了笑话！人家找他要痢疾药，他把十几副都给了人家；人问他："做几次服？"二伯父掂了掂轻重，说："分三回。"幸而大伯父赶来，看了看方单，才阻住了。不特此也，人家还拿吃不得的东西冤他，说主治某症，他真个就信。我父亲犯痔疮了，二伯父淘换一个妙方来，是"车辙土，加生石灰，浇高米醋，熏患处立愈"。我父亲皱眉说："我明天试吧！"对众人说："二爷不知又上谁的当了，怎么好！"又有一次，他买来一种红色药粉，给他的吃乳的侄儿，治好了某病。后来他自己新生的头一个小男孩病了，把这药吃下去了，死了！过了些日子，我母亲生了一个小弟弟，病了，他又逼着吃，又死了。最后大嫂嫂另一个孩子病了，他又催吃这个药。结果没吃，气得二伯父骂了好几次闲话。

母亲告诉我：父亲做了二十年营长，前十年没剩下钱，就是这老哥俩大伯和二伯和我的那位海轩大哥（大伯父之子）给消耗净了的；我们是始终同居，直到我父之死。

踏上穷途

父亲一死，全家走入否运。父亲当营长时，月入六百八十元，亲族戚故寄居者，共三十七口。父亲以脑溢血逝世，树倒猢狲散，终于只剩了七口人：我母、我夫妻、我弟、我妹和我的长女。直到现在，长女夭折，妹妹出嫁，弟妇来归，先母弃养，我

3

已有了两儿一女，还是七口人；另外一只小猫、一个女用人。

父亲是有名的忠厚人，能忍辱负重。这许多人靠他一手支持二三十年。父亲也有嗜好，喜欢买彩票，喜欢相面。曾记得在北京时有一位名相士，相我父亲就该分发挂牌了。他老人家本来不带武人气，赤红脸，微须，矮胖，像一个县官。但也有一位相士，算我父亲该有二妻三子、两万金的家私。倒被他料着了。只是只有二子二女，人说女婿有半子之份，也就很说得过去。至于两万金的家财，便是我和我弟的学名排行都有一个"万"字。

然而虽未必有两万金，父亲殁后，也还说得上遗产万贯。——后来曾经劫难，只我个人的藏书，便卖了五六百元。不幸我那时正是一个书痴，一点世故不通，总觉金山已倒，来日可怕，胡乱想出路，要再找回这每月数百元来。结果是认清了社会的诈欺！亲故不必提了，甚至于三河县的老妈郭妈——居然怂恿太太到她家购田务农，家里的裁缝老陈便给她破坏："不是庄稼人，千万别种地！可以做小买卖，譬如开成衣铺。"

我到底到三河县去了一趟，在路上骑驴，八十里路连摔了四次滚，然后回来。那个拉包车的老刘，便劝我们开洋车厂，打造洋车出赁，每辆每月七块钱；二十辆呢，岂不是月入一百多块？

种种的当全上了，万金家私，不过年余，倏然地耗费去一多半。

"太太，坐吃山空不是事呀！"

"少爷，这死钱一花就完！"

我也曾买房，也曾经商。我是个不到二十岁的少年……

这其间，还有我父亲的上司，某统领，据闻曾干没了先父的恤金，诸如段芝贵、倪嗣冲、张作霖……的赇赠，全被统领"人家说了没给，我还给你当账讨去么？"一句话了账。尤其是张作

4

霖，这位统领曾命我随着他的马弁，亲到顺城街去谢过，看过了张氏那个清秀的面孔，而结果一文也没见。据说是一共四千多元。

我觉得情形不对，我们孤儿寡母商量，决计南迁。安徽有我的海轩大哥当督练官，可将余资交他，代买田产房舍。这一次离别，我母率我妻及弟妹南下，我与大妹独留北方；我们无依无靠，母子姑嫂抱头痛哭！于是我从邮局退职，投考师大，我妹由女中转学津女师，我们算计着："五年之后，再图完聚！"

否运是一齐来！甫到安徽十几天，而××的变兵由豫境窜到皖省，扬言要找倪家寻隙。整整一旅，枪火很足，加上胁从与当地土匪，足够两三万；阜阳弹丸小城一攻而入，连装都装不开了！大抢大掠，前后四五天，于是我们倾家荡产，又逃回北方来。在济南断了路费，卖了些东西，才转到天津，由我妹卖了金戒指，把她们送到北京。我的唯一的弟弟，还被变兵架去了七天；后来亏了别人说了好话："这是街上卖进豆的穷孩子。"才得放宽一步，逃脱回来。当匪人绑架我弟时，我母拼命来夺，被土匪打了一枪，幸而是空弹，我母亲被蹴到沟里去了。我弟弟说："你们别打她，我跟你们走。"那时他是十一二岁的小孩。

于是穷途开始，我再不能入大学了！

我已没有亲戚，我已没有朋友！我已没有资财，我已没有了一切凭借，我只有一支笔！我要借这支笔，来养活我的家和我自己。

笔尖下讨生活

在北京十年苦挣，我遇见了冷笑、白眼，我也遇见热情的援手。而热情的援手，卒无救于我的穷途之摆脱。民十七以前，我历次地当过了团部司书、家庭教师、小学教员、税吏，并曾再度从军作幕，当了旅书记官，仍不能解决人生的第一难题。军队里欠薪，我于是"谋事无成，成亦不久"；在很短的时期，自荐信稿订成了五本。

辗转流离，终于投入了报界；卖文，做校对，写钢板，当编辑，编文艺，发新闻。我的环境越来越困顿，人也越加糊涂了；多疑善忌，动辄得咎，对人抱着敌意，我颓唐，我愤激，我还得挣扎着混……我太不通世故了，而穷途的刺激，格外增加了我的乖僻。

终于，在民十七的初夏，再耐不住火坑里的冷酷了，我甘心抛弃了税局文书帮办的职位。因为在十一天中，喧传了八回换局长，受不了乍得乍失的恐惧频频袭击，我就不顾一切，支了六块大洋，辞别了寄寓十六年的燕市，只身来到天津，要想另打开一道生活之门。

我在天津。

我用自荐的方法，考入了一家大报。十五元的校对，半月后加了八元，一个月后，兼文艺版，兼市闻版，兼小报要闻主任，兼总校阅；未及两个月，月入增到七十三元——而意外地由此招来了妒忌！

两个月以后，为阴谋所中，被挤出来，我又唱起来"失业的悲哀"来了！但，我很快地得着职业，给另一大报编琐闻。

大约敷衍了半年吧，又得罪了"表弟"。当我既隶属于编辑部，又兼属于事务部做所谓文书主任时，十几小时的工作，我只拿到一份月薪，而比其他人的标准薪额还少十元。当我要求准许我两小时的自由，出社兼一个月脩二十元的私馆时，而事务部长所谓表弟者，突然给我延长了四小时的到班钟点。于是我除了七八小时的睡眠外，都在上班。"一番抗议"，身被停职，而"再度失业"。

我开始恐怖了！在北平时屡听见人的讥评："一个人总得有人缘！"而现在，这个可怕的字眼又在我耳畔响了！我没有"人缘"！没有人缘，岂不就是没有"饭缘"！

我自己宣布了自己的死刑："糟了！没有人缘！"

我怎么会没有人缘呢？原因复杂，愤激、乖僻、笔尖酸刻、世故粗疏，这还不是致命伤；致命伤是"穷书痴"，而从前是阔少爷！

环境变幻真出人意外！我居然卖了一个半月的文，忽然做起外勤记者了。

我，没口才，没眼色，没有交际手腕，朋友们晓得我，我也晓得"语言无味，面目可憎"八个字的意味，我仅仅能够伏案握管。

"他怎么干起外勤来了？"

"我怎么干起外勤来了！"

转变人生

然而环境迫着你干，不干，吃什么？我就干起来。豁出讨人嫌，惹人厌，要小钱似的，哭丧着脸，访新闻。遇见机关上的人员，摆着焦灼的神气，劈头一句就问："有没有消息？"人家很诧异地看着我，只回答两个字："没有。"

那是当然！

我只好抄"公布消息"了。抄来，编好，发出去，没人用，那也是当然。几十天的碰钉，渐渐碰出一点技巧来了；也慢慢地会用勾拒之法、诱发之法，而探索出一点点的"特讯"来了。

渐渐地，学会了"对话"，学会了"对人"，渐渐地由乖僻孤介，而圆滑，而狡狯，而阴沉，而喜怒不形于色，而老练，……而"今日之我"转变成另一个人。

我于是乎非复昔日之热情少年，而想到"世故老人"这四个字。

由于当外勤，结识了不少朋友，我跳入政界。

由政界转回了报界。

在报界也要兼着机关的差。

当官吏也还写一些稿。

当我在北京时，虽然不乏热情的援手，而我依然处处失脚。自从到津，当了外勤记者以后，虽然也有应付失当之时，而步步多踏稳——这是什么缘故呢？噫！青年未改造社会，社会改造了青年。

我再说一说我的最近的过去。

我在北京，如果说是"穷愁"，那么我自从到津，我就算"穷"之外，又加上了"忙"；大多时候，至少有两件以上的兼差。曾有一个时期，我给一家大报当编辑，同时兼着两个通讯社的采访工作。又一个时期，白天做官，晚上写小说，一个人干三个人的活，卖命而已。尤其是民二十一至二十三年，我曾经一睁开眼，就起来写小说，给某晚报；午后到某机关（注：天津市社会局）办稿，编刊物，做宣传；（注：晚上）七点以后，到画报社，开始剪刀浆糊工作；挤出一点空来，用十分钟再写一篇小说，再写两篇或一篇短评！假如需要，再挤出一段小品文；画报工作未完，而又一地方的工作已误时了。于是十点半匆匆地赶到一家新创办的小报，给他发要闻；偶而还要作社论。像这么干，足有两三年。当外勤时，又是一种忙法。天天早十一点吃午餐，晚十一点吃晚餐，对头饿十二小时，而实在是跑得不饿了。挥汗写稿，忽然想起一件心事，恍然大悟地说："哦！我还短一顿饭哩！"

这样七八年，我得了怔忡盗汗的病。

二十四年冬，先母以肺炎弃养；喘哮不堪，夜不成眠。我弟兄夫妻四人接连七八日地昼夜扶侍。先母死了，个个人都失了形，我可就丧事未了，便病倒了；九个多月，心跳、肋痛，极度的神经衰弱。又以某种刺激，二十五年冬，我突然咯了一口血，健康从此没有了！

易地疗养，非钱不办；恰有一个老朋友接办乡村师范，二十六年春，我遂移居乡下，教中学国文——决计改变生活方式。我友劝告我："你得要命啊！"

事变起了，这养病的人拖着妻子，钻防空洞，跳墙，避难。二十六年十一月，于酷寒大水中，坐小火轮，闯过绑匪出没的猴儿山，逃回天津；手头还剩大洋七元。

我不得已，重整笔墨，再为冯妇，于是乎卖文。

对于笔墨生活，我从小就爱。十五六岁时，定报，买稿纸，赔邮票，投稿起来。不懂戏而要作戏评，登出来，虽是白登无酬，然而高兴。这高兴一直维持到经鲁迅先生的介绍，在北京晨报译著短篇小说时为止；一得稿费，渐渐地也就开始了厌倦。

我半生的生活经验，大致如此，句句都是真的么？也未必。你问我的生活态度么？创作态度么？

我对人生的态度是"厌恶"。

我对创作的态度是"厌倦"。

"四十而无闻焉,'死'亦不足畏也已!"我静等着我的最后的到来。

（二十七年十二月二十日）

目　录

自　序

　　事变以还，卖文糊口，交游寂绝。四年前，忽有洵阳老拳师张玉峰投名剌见访。闻不佞撰述武林故事，欲将生平所身经、目睹、耳闻之奇缕缕见告，蕲以笔录问世，倘亦有壮士暮年，留名身后之志？不佞初颇以为讶，人与草木同朽耳，立言立名，迟早终须一朽。何况传奇说部乃落伍之文，技击拳勇亦背时之术，更谈不到留名。而且不佞根本不懂武术，甚至私心怀疑过它的理论。凡以其所写小说，纯出意构，任意挥毫，然后有操纵自如之趣；苟有事实为底本，如作茧自缚，反感掣肘，苦无回旋余地了。以此种种缘故，作者既不愿自寻苦恼，对于张君请作传的雅望，当日唯有敬谢不敏罢了。

　　如是大约过了一年，张先生那时僦居旧英租界，每晨起徐行散步，往往逍遥到河北，一到河北，就时常绕道见顾寒舍。一次不见，两次，两次不见，三次，如是久之。耆年坚志，锲而不舍，不佞不禁愕然，而且有些歉疚不安。既诧其人，因思一见，一见如故。乃知夔铄一老叟，今年已七十有四，面容颇和善，形体魁梧，步履健勇，不亚如少年。既时与共谈，言语恳诚，无时下拳家浮夸之气，对于拳学持论，则甚平易近情，力戒门户之见，亦屏怪诞之说，其为人可以"朴忠"二字概之。而守志弥

1

笃，勇于自信，是不佞区区懦夫最折服者。时执教于河北法政桥市立师范，教女弟子八卦掌、长拳。于器械，擅青钢剑，晚年精研子午鸳鸯钺，独创一派。鸳鸯钺又名乾坤剑，又名鹿角刀，共两柄，形似大小两月牙钩相衔；本为董海川所创造，近世唯山东省海丰宋异人能用之，系由后天八卦六十四拳，化成剑术。宋异人传剑于海丰高义圣，高氏现居河北省武清县，对此剑术颇为秘惜，此为一派。又有先天八卦名家眼镜程，亦擅鸳鸯钺，传之次子程友信；此人健在，年四十八，现在天津，亦未传徒，此又为一派。张玉峰老拳师，起初始见此剑于程友信寓庐，因求学剑法，程笑而未许，以为先生老矣，先生何苦学此？张老拳师坚欲学之而不得，乃自发奋，潜思冥索，用金钢锤（金钢八节）变化，参以八卦掌转法，竟自创一派。昔赵瓯北问诗之声调于渔洋山人，渔洋靳不肯予。赵乃发古唐诗集，辗转自寻得之，乃作声调谱，以发其秘。张老拳师既变八卦掌金钢八节，以运用子午鸳鸯钺，亦以此技授徒，广传于世。程门剑法，高门剑法，各有独至，皆甚秘惜；而张氏所自创者，俨然与之鼎立而三。张先生和易静穆不甚健谈，及逢莫逆之友，述武林逸话，则亦娓娓动人。张先生有"游历纪略"一卷，粗述平生，曾持示不佞，乞为作传，不佞惭不敢承；亦以不佞劫余病骸，久倦笔札，幸子弟辈佣读代劳，差免饥躯，愚得窃苏余息，辍笔养疾，如释重负。顷老友左君坚约，命再为冯妇。昔人"时穷而后工"，我则"稿穷而后作"，不穷不执笔，垂二十余年矣，唯此次在平生为例外，自非穷逼，仅为情迫，因此预料稿必不好，亦必稿不好也。虽然，好与不好乃另一问题，今之所述，与旧作不同者有二点：其一，叙录七十四岁老拳师张玉峰所述武林旧事，尤多京东响马逸闻，如佝佝张六辈，至今口碑独传，酌加小说点染。其二，所采尽多事实，皆裁成短篇，使自为起讫，其述法略依科南道尔所作"遮那德中佐自伐"，分之则为短篇，合之亦相贯串，由此两特点看来，势必获得第三特点，即是实话不如谎话说得巧，然而，不妨试试看，不好时，另换新篇。

第一章

京城习武塞外作幕

河朔豪气最浓，旧京兆三河县，古泃阳地方，自昔尤多拳勇之士。就到现在，当地少壮乡民，也往往于春秋暇日，蹩交相扑，习练技击，以此颇出了一些名捕剧贼，豪士拳师。清人小说上所描写的白马李七侯、李八侯、左青龙、皇粮庄头恶霸某某（小说化名花得雷，实在并不姓花，今其子孙犹有服官于外者），据故老相传，不但实有其人，亦且实有其事；只是时代错误，并非远在康乾，实在道光以后。就是拘留县官的话，也属实有。却决不像小说剧本那样，要"杀死贼官，免除后患"，乃是他们这些赌徒窝主们仓促认破了前来微服私访的官，冒冒失失把他软禁起来，杀既不敢，放又不能，莽汉做事，管前不顾后，弄得群雄聚议，一筹莫展了。末后还是绅士出头，谢罪赔钱，仍指出一两个祸首来，算是畏罪潜逃，又雇一两个替身，献臀挨打。官自然也怀了投鼠忌器的心，情愿胡乱了结，免得掀成巨案。作奸犯科的，也从此稍稍敛迹，此之谓面子事，吏不举官不究，相安无事者多日。

又有一些人物，如飞行绝迹的佝佝张六，杀人不眨眼的屠户某某，名捕快双失目能骑劣马的宛瞎子，在三河至今犹脍炙人口，可惜还未见有人记载。这些草野人物当日杀人越货，快意恩仇，未曾不令谈者咋舌，然而他们的武器已经渐渐不是匕首飞镖，而是十三太保，小六转，换上近代的火器了。那个名捕快宛瞎子，就是在他用密计手擒一个亲本家，缚往天津枭首正法之后，因此与贼党结了深怨。有一天，他往邻村会友归来，在他到了家，临上炕睡觉时，遂猝被霹雳一声，火光穿窗一闪，击中了要害，饮弹而死。据说他已然中了致命伤，血流满床，犹能狂吼下地，扑到水缸前，狂饮了数瓢水，仍要挣扎出去捕盗复仇。但到底没有迈出门坎，而倒地绝气了。

今欲叙胜国朔方游侠儿，诚不欲开倒车，劝人练双拳，奏三尺龙泉，去斗一吨重的炸弹，百吨重的战车。姑特举子午鸳鸯钺名手，现独健在的七十四岁老拳师张玉峰为开篇。犹之乎史迁叙七十列传，实是为六国百家儒墨名法道兵农阴阳纵横，九流诸子立言之士垂不朽；若四君养客三千，正是九流的居停主人，其余秦汉将相是立功的人，也可以作兵家法家看。而史迁先替伯夷叔齐的逸诗作传，次为管晏二汉家、伍孙二兵家作传，正是视夷齐管晏伍子胥孙子写百家之一子，他们全有遗书佚文留于后世，这正是史迁著书寄慨之处。今我首叙张老拳师，张老拳师正是现代的活人，那么由于他，便可以告诉读者，练武技的人，可以健身、延年，也可以防身，独不能做万人敌。张老拳师给我们做了例证，开倒车之讥，作者或可稍从末减。

七十四岁的老拳师张玉峰，看外表敦厚和易，威而不猛，骨子里却有一种镲而不舍的精神。他要想拿到这个，他就努力去做这个，以至于钢铁磨绣针，不拿到不休。这种精神或者就是武术真精神吧。已往的技击小说，惯好写衰叟斗强汉，妇孺败壮男，恐怕是文人狡狯，或者是道家想"以柔制强"的喻言。道家思想在九流为最后出，太史公谈说他集六家之大成，其实只是六国时三晋兵家阴符，燕齐阴阳家生克训的调和。常人打过"齿落舌犹在"的比喻，乃是兵法"先人者后人"之一招，若拿来作为处世之方，阴柔小人越发得到哲理的辩解了，那是非常有害。而武术的正统精神，仍当以"锲而不舍"为贵，才不会误人走入歧途。

老拳师张玉峰现在津校教拳，他是三河县人，名枢印，玉峰是字，世居马房镇务农。幼年的时候，在故乡村塾读书，智力豪壮，锋芒微露，已为塾师所刮目。清光绪十二年，他的长兄张继武，投到北京城九门提督衙门服官，乃奉双亲，携幼弟，迁居京城。张玉峰恰以十二岁的小孩子，来到首善之区了。三河县民风本来好武，这时京城王府贵家也正盛行蹚交斗拳，王邸中多养着拳师力士，非为护宅实为好奇。草野各宗各派的武师，也趁了这种时候，纷纷入都，求名求利，一逞身手。便是自视较高的武林名手，为了发扬本门技艺，也不惜进京开宗开派，设场授徒。张玉峰赶上这种风气，又加以往之所近，蓦地动了弃文习武之志，遂由其长兄挽人献贽，投拜在深州徐巷口名武师徐德义（茂龄）的门下。徐德义武师那时正在京城铺场授拳。徐武师擅各种拳技，尤精弹弓，有神弹之誉，张玉峰投贽登门，徐武师首先考验学生的体格资性，以为他骨气健强，悟性通慧，是可造之材。弟子择师，师亦择弟子，徐武师既喜孺子可教，遂将生平技业，倾囊授予；技击如长拳、金钢八节，器械如罗成枪、六合刀、缠丝刀、青钢剑，远攻之器如金镖，一一循序传予这个十二岁的新收弟子，前后凡四年。

张玉峰年力与学业俱进，现在已到达成丁之年，也到了成学之路。徐武师乃情托设教京城的各宗各派武师，遣张玉峰以晚进子弟，挨次登门奏技请益，借此历练他的才气胆量，增长他的见

3

益。各派名武师，也就推情关照，各邀高足弟子，和张玉峰下场过招，并不是比武争强，只是互相切磋实习。这样友谊比赛，果然获益匪浅，使张玉峰见到各种拳学，然后知道武林之大。未可以一隅自封，自然要虚心励志了，而同时又增加了他的自信。张玉峰和他那般大的武林少年，不断的踏场武拳，各逞身手，大体较量起来，总是他的招熟手快，年纪虽小，膂力颇强，心路应变之才来得很快，一时声名鹊起，九城武林竞传"徐武师得到一个好弟子!"

甲子年秋，满洲正白旗人文贵字秀山，擢黑龙江绥化厅理事通判，将要携眷赴任。那时的黑龙江尚未改省，地带荒旷，胡匪出没，沿路跋涉关山，更多险阻，文通判就任之前，先忙着聘请文武幕府西席。掌文案钱谷刑名的师爷，已聘而未定，人人都畏疑道路险远，不大愿意出塞。文通判赶紧又聘请武的西席，须年轻力壮，能沿路保镖护行，抵任能提戈护宅，出案能协捕缉盗的人物，至少须五六个人才敢上道。文通判很物色了几天，无如关里人根本不愿出关，历问多人，到底没有聘妥。文通判偶然和提署（即步军统领衙门，俗称九门提督）友好谈及，一时皱眉为难。提督的问官春绍芝，是个旗员，与文通判为世交，因想到同僚张继武的令弟张枢印，恰在英年，乃是深州名武师徐德义的高足，此刻技成，正思问世，而且初生犊儿不怕虎，做事勇往直前，当日遂和文通判说了。文通判大喜，设小酌，宴请张继武、张枢印昆仲。杯酒之间，宾主言语投契，立刻聘定，仍请张枢印（即玉峰）代约助手。张枢印即禀赐徐武师，荐偕师弟朱天雄、吴宝华，辞别亲旧，同入文通判幕府。三位武西席既已聘定，所有文案钱谷刑名几位文西席，渐渐放了心，一同入幕，踏上二千里地征途。

这时候京奉铁路已经开筑，尚未竣工通车，由京城出关，走长途旱路，历日甚久，路程也多颠险。张玉峰随文通判眷属起初登程，大约走十几天，方才到达滦河。现时已架有滦河铁桥，那时犹然没有，行旅全仗渡船过河。文通判行抵滦河岸时，恰值奉天巡抚衙门，派遣官弁百余人，押运灵柩，进关过河，扈从人夫很多；渡船摆过来，再摆过去，由午牌到黄昏不停。河宽流急，文通判一行，在岸边守候颇久，仍然无船可渡；所有的渡船，都先一步被抚署官弁征调去了。而且滦河一片汪洋，河西近处无店，文通判的家眷连个坐卧的地方都没有。前进无渡，就想退到后一站，也日暮途远，来不及了。张玉峰观望良久，挺身上前，找到抚署兵弁，以同官谊气，请他们于放渡空船之际，让文通判家眷顺便坐空船过渡，以免久候之苦，且与抚署行程毫无妨碍。

这要求本来很合情理，一个东来，一个西往，空船让渡，可算是顺水人情。不意该署小队兵士倚恃着上峰衙门，又恃他们人多，小队子足有百十号人，居然抗不让渡，而且声色俱厉，口出不逊之言。"小小通判也敢争渡？"张武师正在少年气盛之时，已经蕴怒，但仍纳着气说："您诸位请看，我们敝上拖家带眷，在这里等候多时了。若是我们，就等到明天，又有何妨？无奈里面还有夫人小姐，仆妇使女，女眷们在河岸露天地里坐候，太不方便了。您再瞧，天色太晚了，转眼天黑，我们实在是进退两难，往前赶，没有船；往回赶，也返不回店了。"再三再四地商求，又说道："全是官面上的人，何苦放着河水不洗船？做个顺路人情？"这几句话不知怎的，触动对方之怒，竟变了脸，始而恶语相侵，继而挽袖子、搋拳头，拿武力恐吓，要把张玉峰吓退。眨眼之间，十几个队丁蜂拥进迫，把张玉峰三面包围，只给留下后退的路，拳在头顶上比来比去。

张武师愤不可遏，抗声诋斥。张武师的同门师弟朱天雄、吴宝华见到这情形，急命扈从、仆弁保护官眷，朱、吴二人立刻赶到包围圈里面，刚要帮话，对方已然猝下毒手了。七八双手齐照张玉峰打来，张玉峰大喝一声："干什么动手？"立刻施展师门拳技，先往后一退，再往前一扑，猱身而进，用拳术打倒了最先下手的两个兵士。朱天雄、吴宝华也在同时侧身冲入围阵，三个人背对背往外开打。只经过了一杯熟茶时，十几个小队子少壮兵士都东倒西歪，有的倒地不能起，有的被踢出很远，有的被打到脸上，鼻涕眼泪横颐，睁视不开。

事情扩大，惊动长官。那个队官登岸查问，也知道文通判这个人，于是叱退幕卒，并允让渡东岸。

第二章

夜袭荒山捉东方一霸

滦河争渡以来，继续趱程，千里长征，车船店脚的争执，都费唇舌，也靠臂力。终于文通判一行先到省城报到验凭，平安转抵绥化厅上任。这绥化厅在黑龙江省会卜奎城以东八百里，一片荒地，人烟稀少，住民差不多尽是关内流民，在那里开垦寻金，因此在当年颇有作奸犯科的强悍之徒，夹杂在开荒的良懦难民之间，更有胡匪三五成群的出没。移民在那里落户的，都把自己的房子筑成堡垒似的院墙，而且家家户户都备有火器，用来打猎防盗，这情形是关里人没见过的。

文通判是旗员，生长首善之区，膏腴之家，早忘了他的辽东故乡风味了。这绥化厅竟没有砖城墙，只有三里地见方的土围子城垣，内衙前衙，大堂二堂，班房库房，因简就陋，也都是草筑泥砌的房。文通判比时的心情，颇有于成龙初到南服的况味。满想励精图治，振作一番，没想到如置身绝域，十分苍凉。接篆视事不多几天工夫，竟连接二十七纸呈文，状告土棍葛凤祥抢男霸女，夺产讹财。那呈文上居然给这葛凤祥捏上一个厉害的绰号，叫作"东霸天葛天王!"其实正是旧日刀笔讼棍所掉的枪花，所谓无捏不成辞，人若有了外号，好像在舆论上先定罪了。但这葛凤祥的为人，状子上的话，并不算冤枉了他。他这人真好像公案小说里的恶霸。

文通判是个干员，原晓得刀笔讼棍的把戏："无捏不成辞。"因此他不肯鲁莽。他把这些呈文一一详阅，待与幕宾商量。先在字句间，审核案情的虚实，次命隶捕访问民间真正舆论，又传请当地绅士假他事咨询，暗中套问葛凤祥的为人到底怎么样。可惜绥化厅没有什么绅士，传来传去，只请到一个老秀才，一个烧锅的东家，一个杂货店的掌柜，和一个退职小武官。和他们谈了一回，绕弯子打听葛凤祥。这几位绅士词涉吞吐，无形中已供出，葛凤祥是绅士们惹不起的人物。跟着亲信使役也秘来禀报："葛凤祥起初也是个垦荒的地主，后来暗通胡匪，替胡匪做窝主。他的外号的确叫东霸天，却不叫葛天王，他家本住在土城东边，现在他另有庄园在疙疸山，地势很险阻，他公然结伙打劫过往行旅。抢男霸女的话，并不算诬蔑，七八年前，他曾强娶邻家蔡某的甥女为妾……"

罪状访问属实，文通判吩咐："拿！"当派余庆镇经历徐子英，率捕捉拿东霸天。不知怎么一来，东霸天葛凤祥先期得了信，徐子英率二十多人扑到葛凤祥家，老葛家已经成了空堡。他的本人，和他的妻姜羽党，早两天突然移到疙疸山庄院去了。疙疸山有他的山产，他不住东乡，必住疙疸山。这疙疸山在靠青山前面，长林丰草，易进难出。徐经历率二十余人，冲到疙疸山。山庄守望的，正是葛氏死党，假装糊涂，拿徐经历当土匪，公然发出一排火枪，打得人人不敢上前。耗到日暮，葛凤祥的党羽成群结伙，从四面开火，大喊着拿贼。徐经历慌忙退回来，安下眼线，以匪党纠众抗官拒捕，报告了文通判。

文通判赫然震怒："这不是要造反吗？"立命师爷备文，札调镇边军剿匪。掌稿师爷忙说："东翁请斟酌一下！"朝廷恶叛，官军讳匪，案情闹大，不易收煞；师爷劝文通判，面见镇边军统领伊崇阿，只说调一小队兵，协助办案拿贼，不要用剿匪字样，文通判点头默喻："先生高见，我当照办。"就这样一做，果然伊崇阿欣然答应协助，派协统穆金阿，率军二百名，协同缉贼归案。张玉峰拳师当然请缨，恐怕镇边军是客情，办案或不得力，请准了文通判，邀了得胜镖局主人杨广文，作为帮手。张玉峰乃率师弟朱天雄、吴宝华，精选精强捕快，于夜间潜进疙疸山。

镇边军二百名大兵，由打四面，把疙疸山包围。张玉峰、杨广文、朱天雄、吴宝华，四位拳师，和两个会技击的班头，带着十来个干捕，拨草穿林，走狭径僻道，首先摸到葛凤祥的庄院后墙。张玉峰、杨广文在墙外侧耳窃听良久，时已将近四更。两人慢慢爬上墙头，又悄悄跳下墙头，把后门偷开了，把伙伴放进来；只留下两个人在外巡风，仍把后门虚掩了。张、杨二人鼓勇寻索过去，进了两道院，到一座连七间的北房前面，发现屋中有灯亮，正是葛凤祥睡觉的所在。东霸天葛凤祥正同一个女人，躺在土炕上，吸鸦片烟。八仙桌上放着小六转，十三太保，墙上排着两杆大抬杆，这都是清季的火器。

张玉峰、杨广文手持小枪铁尺，由窗缝往里偷听偷看。葛凤祥在屋里喷云吐雾，那个女人和他对面躺着。两个武师窥伺多时，屋中人没有觉察，原想耗到葛氏夫妻入睡，再进去掩他不备。哪知葛凤祥俾划作夜，看光影吸烟到天亮。二人忍耐不住，互相知会，料到带来的人都布置好了，便由张武师举手叩门，"吧，吧，吧！"杨广文藏在门那边，张玉峰站在门道边。吴宝华、朱天雄钉上来，站在纸窗前，就是张、杨原立的那个所在，吴、朱两人觑着眼往里看。

9

葛凤祥愕然坐起来，手中还拿着烟枪。叩门声一连三下，葛凤祥说："谁呀？"外面不回答，又敲了一下门。葛凤祥放下烟枪，穿上鞋，眼睛不由往窗纸上看，仍问道："谁拍门，妈巴子，什么事？"张玉峰仍不言语，仍在叩门。杨广文是四十来岁，正当壮年，有阅历的武师，变着口音答了声："是我呀，当家的，您哪，出来看看，山那边有亮。"葛凤祥好像一惊，不知是为山边有火亮，还是为了口音生疏，他竟一探身，抄起八仙桌上的小六转，又端起桌上的油灯，侧身举步，吩咐那女人给他开门。……那女人很年轻，干答应不肯走在葛凤祥的前面。葛凤祥骂了一声："妈巴子的，给你灯，怕啥？"于是他一手提六转，一手去开门。女人端灯在他身边晃，似乎心怀怯惧，葛凤祥又骂了几句，终于一男一女来到屋门边，哗啦一响，拉开了门闩。

张玉峰是由暗窥明，葛凤祥是由明窥暗。葛凤祥方在拢眼光，张玉峰手疾招快，已然猛扑上去。葛凤祥随觉形势不对，提嗓音喝了一声："谁？"顺势把小六转一顺。张玉峰急急地一侧身，手中的铁尺骤落下去。轰然一声，手枪开了火，却又吧达一声，立时落了地。张玉峰抢兵器上步，再往下砸。葛凤祥骤遭急袭像受伤的野兽，并不退缩，反而迎上去。两个人登时扭打起来。那女子骇叫一声，端着的油灯，失手摔在地上，油溅火熄，全院昏黑。张玉峰、葛凤祥全都跌倒，杨广文、朱天雄、吴宝华一齐上前。经过了猛烈的挣扎，葛凤祥到底被擒。他还要大声吆喝，朱天雄最猛最愣，调过刀来，照头顶砸了一下，登时这个土豪被打闷过去。那个女人逃到屋里怪叫，得胜镖局的杨广文急忙追进去，不管屋中有无埋伏，用黄莺托嗉，把这女人掳住，低声威吓她，不许她喊。这女人是葛凤祥的爱妾，张玉峰忙说："码上她。"连葛凤祥都反缚了，嘴上都给他吃上麻核桃。

10

猝出不意，掩捕成功，但是免不掉有了动静，由打前面黑洞洞的屋里窜出两三条人影，似乎刚一露面，又缩了回去。吴宝华登时瞥见，忙说："不好，留神！"张玉峰忙指挥潜伏暗处的各同伴，留看差的四个人，余众立即分路搜捕，自然先奔前面屋。有几个人抄后路，从旁边绕过去。有几个人弯了腰，循墙贴壁，抢那前面的堂屋门。得胜镖局的杨广文最年长持重，恐怕同伴受伤，忙提出一杆火枪，向对面屋窗放了一下，只打高，不攀低，意在以虚声惊人。张玉峰也把小六转一挺，吧吧吧，连打了五枪。所有武师和捕头齐声大喊："拿贼！"要犯已然成擒，这是拍山镇虎，利用贼人胆虚，打算把匪党吓出来，再兜拿。

　　不料这东霸天葛凤祥的手下，颇有悍贼。葛凤祥在地方上本是一个牌头，暗中与胡匪勾结着，现在潜伏在他家中的，就有枭强的胡匪，并且白日已与官面打过交道，他们已存戒心。众捕快分两面来搜前面屋，捕盗的官人开了火，前面屋中的匪人居然拒捕，也开了火。这些有名的匪徒，全被堵在前面屋里了，并且在这庄子外圈，还有葛凤祥的下手，有的踞守山坡，有的潜藏林丛。他们都是非常胆大，却又非常胆小的莽汉。恃众就气可包天，虑患又迟疑得可怜。

　　庄院里面开了火，外圈守望的众匪登时惶惑失措，由外圈的外面包抄过来的镇边军，此时也已听见动静，登时放了几炮，铜号连吹，二百名兵齐喊杀，在夜静时，空山传声，声势十分惊人。外圈的匪人竟不肯回援老窑，反而纷纷溃散了。匪人摸着黑奔窜，官军摸着黑开枪，乒乒乓乓乱响。匪人猜知官军大队来到，越发地各不相顾，白昼拒捕的勇气此刻一点也没有了。独有庄院内，堵在屋内的那几个悍匪，像神枪手高福、潘四阎王之流，眼见官人袭进窑内，分明听见外边号炮连响，他们骤然惊

11

醒，起初还想突围逃走，可是转眼之间，竟陷到困兽犹斗的境地了。他们在屋内睡觉时，一共六七个人，首先惊醒的，是宾士阿和金帽缨子，跟着神枪手高福也醒了。宾士阿是头一个听见枪响，跟着听见葛凤祥夫妻的吆喝。他说："不好，奸细进来了吧？"翻身坐起来，推翻了金帽缨子。两个人倾耳一听，果然外面声息不对。两个人登上裤子，赤膊下地，把伙伴乱推了几把，迷迷糊糊一齐外闯。被塞外寒风一吹，登时清醒，不觉又窜回去，这才忙着摸火器，找刀子。

那神枪手高福是有名的善使十三太保（十三响的旧式大枪）、小六转的悍匪。他本是猎户出身，他专好打枪，因此手枪总不离身；他的小六转临睡时就压在枕头底下。他忙忙地窜回来，头一把摸着他的手枪，跟手这才抓棉袄。那潘四阎王是个关内的强盗，因案逃到关外的，他对于拒捕溃围，好像有点经验。伙伴告诉他："不好了，奸细进来了！"他登时一翻身，先穿上裤子系上腰带，赤足穿鞋，披上皮袄，立刻瞎捞一把，捞着一件兵器，立刻他就跳上炕，踢窗往外窜。陡然怪号了一声，整个地栽出去，不料这窗外正好潜伏着捕盗的人。他的一条腿刚踢出去，便被人狠命一揪，直摔到外面，顺手又给他一刀背，潘四阎王遇上了吴小鬼，活活遭擒了。这吴小鬼就是绥化厅的一个捕头，为人鬼头鬼脑，是顺天府霸州的人，居然露了一手，并且说："相好的，这官司你打了吧。"潘四阎王并不够味，反而怪叫起来："哥俩，我教他们捉住了。"

潘四阎王在窗台上栽了跟头，宾士阿、金帽缨子全都听见，越发心慌，他们俩还想夺门逃走。神枪手高福忙说："伙计，拼命吧，别妄想逃生了！"催他们两人赶快开枪，扼守屋门。他自己跪在土炕底下，只露出半个脸，把火器架在炕沿上，对着已踢开的破窗洞，连连开枪。捕盗的人几次冲进，都被打退，竟没人能够上前。

这时屋中群贼全都惊醒乱窜乱叫，找兵器，要拒捕夺路。张玉峰喝命师弟，往窗里开枪还击，又悄悄地循墙贴壁，往窗根凑，却是蛇行鹤步而进，凑到合适尺寸，突然把一个火把，穿窗投入屋内。这样一来，我暗贼明，袭击自然也容易瞄准。他们捕盗，最要紧的是活擒归案，除非是贼党拒捕太甚，总不肯"格杀勿论"。因此，纵把匪徒堵在屋内，一霎时虚实未明，仍未能一网捕尽。并且这一窝几乎全是悍匪，经神枪手高福大声连喊，人人从梦中惊醒，明白过来，出屋就得受伤遭擒，不出屋也要掏窝堵，这场官司迟早脱不开。那个宾士阿就怪叫一声，从屋墙摘取两杆火枪，乒乒乓乓，乱放起来。

金帽缨子本名叫金茂英，这个人五大三粗，看外表像老虎，骨子里色厉内荏，借刀杀人不眨眼，遇见事顶没胆子，此时他浑身抖搂起来。塞外天气本来寒，夜半乍起，连牙齿都错响；他也抄了一根十三太保，两手抖得开不了闩。

这工夫火把落在土炕上，燃烧起来。炕上还有一个匪人，正在被窝里张皇，登时吓得连人带被滚落到地上。神枪手高福说："不好，快抓！"伙伴不中用，自己忙探身要抓，陡然间外面一阵喊拿声，枪弹如雨般打进屋来，屋内的自鸣钟、帽筒、茶壶茶杯，叮叮当当全碎。神枪手险些中了枪，缩手藏头不迭，忙改用火枪，将火把拨落在地，却是土炕上的皮褥子棉被已然烧得冒烟，破窗格上的残纸也冒了火。满屋灌满火药气息，泛起缕缕黑烟；屋中漆黑，抵面看不清人的脸。但是屋中的情形已被外面看透，神枪手的火枪每一开火，便有一圈火光一闪。

张玉峰等料知屋内不足十个人，忙大声叫："相好的，出窑

13

吧，官司打了吧。枪子没眼，打死更冤！"旁人也帮着喊，教群匪抛械受缚，免遭横死。"官司自有姓葛的顶着，姓葛的已然被捉，用不着给了拔闯呀。"喊得尽管凶，屋内拒捕依然猛勇，神枪手高福已和另一个悍匪合了手。这人的名字已经忘失，是高福的盟兄，是个行使假银子的匪徒，从炕上滚下地来，高福忙叫："老大给我装枪。"这人登时领悟，弯着腰摸来一挂子弹。神枪手不住手地开枪，放完这一排子弹，立刻放下这杆枪，端直那杆枪；这杆枪子弹没等放完，帮手早把头杆枪又喂好了。两杆枪来回地掉，一放一装不住手，一放一装不住声，外面的官人也就不能硬往里面闯。

张玉峰喝道："砸门！"杨广文也喝道："砸窗户！"猛然大震了一声，屋顶沙沙落土，屋门仍未砸开，屋中的贼不由随声骇喊了一声。跟着又大震一下，屋门闩得严，也禁不住绳悠巨木硬撞，已经岌岌欲倒。忽然有个贼失声叫娘，正是金帽缨子金茂英，似乎是挂了彩，自觉力竭欲降，又似乎是为劝降的话所动，认为抵抗无用，他就忽向屋里跑，突又折往屋门口上蹭，冲外面低声说了几句话，这话竟被伙伴王金山听出来，王金山急头暴脸地诘责道："妈巴子，金帽缨子你要干啥？"金帽缨子不答应，侧着身子奔门口，仿佛要拔闩开门，又犹豫不敢伸手。就在这时候，外面又咕咚地大撞了一下。金帽缨子料到这人是在外边，运木石重物来撞门，门若被撞开，那就算当场被逮了。金帽缨子猝叫道："等等撞，等我给你们开，你们可得替我免罪，没有我们的事。"

王金山大怒，厉声骂道："好你个金帽缨子，你要献窑哇？"金帽缨子柯柯地说："我，我我……"王金山竟往前一上步，照他背后狠狠扎来一刀，登时惨呼一声，扑登地栽倒了一个人。那神枪手高福全副精神用在十三太保枪上，坚拒官人，不令其入。那个对手竟听见王金山厉诘金茂英卖窑门的话，他正要装好一杆枪，他说道："好哇！"就把这枪杆一顺，枪机一扳。乓的一声响，不幸金在前，王在后，这一弹从后打倒了挺身欲刺叛人的王金山。倒势很猛，刀锋续进，金帽缨子也同时闪一闪身，栽在一边。

两个人先后跌倒，相隔只在一转瞬间，王金山哎哟一声爬起来又摔倒。金帽缨子只被刀锋划了一下，一骨碌跳起来，拔闩开门，向官人投降。有许多话要说，说明不是歹人，他也没有拒捕。他还要表功，表明他这开门延进捕快之功，他为的是将功赎罪。但是官方没人肯听他那些唠叨，也没有工夫听，听了也没有用。他刚刚说："诸位老爷们别打，我领你们……"还没有说出领他们做什么，早有一把铁尺砸在他的肩膀上，跟手又踢他一脚。金帽缨子打了一溜滚，官人把他捆上，他怪嚷着表白："老爷们别拿错了人。"立刻又有人给他一只麻核桃，教他别说话，他这才不说话。

官人趁这机会，抢攻屋门。神枪手高福竟凶猛异常，把十三太保一调向，对准了屋门，吧吧吧，一连数下。官人这面登时有两个受伤，余众赶紧退了回来。流弹横飞，神枪手的同党王金山，刚刚挣扎起来，又受了第二次的误伤，倒地不能动弹。这屋中只剩了神枪手两个贼。这时候，镇边军扫荡外圈的匪徒，已奏全功，渐次合围，攻进山庄来。捕快和武师们搜捕庄内余贼，也渐次肃清，在别的屋续捉住了几个歹人。合计捕获匪徒，已受伤未受伤的二十余名。

独有这个神枪手高福，和他那个帮手，区区两个人，倚仗着两杆火器，三四袋弹药，蹲在屋内土炕后面，负隅死抗，仍未落网。两个人抱了拼命的心，决计不肯束手就擒。官人只一探身，他便吧的一下。他的枪法实在厉害，可以说百发百中。若只有一杆枪，装子弹来不及，官人还可乘机袭入。就是只有两杆枪，发得子弹多了，枪膛必热，那时也可以硬闯进去活擒他。偏偏百忙中，他把屋中火器全弄到手底下，子弹也很多，又有一个帮手给他装子弹，他的连珠枪竟得很自如地施展开。这时天色将明未明，镇边军的铜号声越吹越近，已然由屋外将包围圈缩小，闯进二十多个官兵，协统穆金阿眼下就要进庄。案子还没有办利落，张玉峰武师和两个捕头，都焦躁起来，几次想冒险进扑，都搪不住神枪手的火器，师弟朱天雄出了一个主意："拿火烧他妈巴子的！"

这法子既妙且毒，众人齐声哗赞，但转念一想，捕快头一个说："不行！烧死了差使不好交代。"镖头杨广文也说："官面放火，太不像话。"又有一个人出主意，不拿柴禾烧，硬拿柴禾堵："把妈巴子的堵在里面，我们再进去掏活的。"但是塞外树木成林，烧火多用劈柴木块，荒地深过人顶的野草，都放荒烧了，没有人打草放在家里的，因此，仓促没处去找柴禾。经这些人前后搜了一遍，只找到喂马的草，数量又不多。这工夫，斜堵着门窗，仍有官人往屋里开枪；屋里的神枪手仍旧咬牙切齿，瞪红了眼珠子，往外还打，挂彩的官人已有四五个人了。所幸那时的火器并不十分锐利，除非打着头脑心房，轻易不致就死的。（据说那小六转，对着胸口放，竟没有把人打死，因为是在冬天，被打的人穿着鹿皮马褂，老羊皮袄，虽入体腔，故此仅负重伤，并未殒命。）这些官人十分着急，立刻动起手来，要往屋内抛柴草。

少年勇敢的武师和捕快，聚了七八个人，一人提了一捆草，借墙掩身，凑到屋门口和窗户洞前面。刚刚投进一两捆去，神枪手高福登时识破官人的用意，破口大骂起来："你们想堵太爷，你们那是妄想！我教你们堵！"乒乒乓乓，连发了数排枪，枪口接连掉方向，又把官人打得倒退。官人登时又想出主意来，搜来木板木凳，往屋里砸。刚刚砸了几下，神枪手突然从炕沿底下窜出来，跃登土炕，枪口摆在窗眼，身子隐在窗台后，吧吧吧，又是一排枪。官人索性不能挨近屋前面了。他的枪骤然像雨点似的猛打了一阵，官人被迫都退到两旁，不敢正当对面了。张玉峰武师愤怒已极，突然得了一个计较，忙和镖师杨广文点手，把两位捕快也叫过来，两个师弟自然也凑到一起，五人秘议，顷刻商定。

这工夫，天色已亮，对面可以看出人的面貌来。张玉峰和杨广文镖头留在后面。师弟朱天雄、吴宝华率领官人，各持火把干草，做出要放火的样子。

捕班班头，快班班头两人，率领手下，把东霸天葛凤祥两口子绑出来，就拿他两个人做了挡箭牌，站在屋对面斜掉角墙根，扯喉咙向神枪手发话："相好的，喂，你停停手，别招呼啦！你很够味，可是你跑不开了，这场官司，你总得打。你能够总不出来，招呼一辈子么？早晚我们也得拴上你。好汉子要识相，我说喂，咱爷们交一交，你趁早把磕子（火器）扔出来，是朋友就得当朋友待，我弟兄管保教你吃不了亏。"

官人的枪声暂停，柴禾火把比比画画，要下毒手放火，一时也拦住。二位班头高喊劝降，其余的人也敲边鼓。再看屋中的神枪手高福，将枪口掉转，对着斜掉角的墙根两个捕快立脚处，瞄起准头来。有个眼尖的人瞥见，急口地喊："留神枪！"吧的一下，破空一道烟，一溜火光，这发话的捕头慌不迭地一矮身，本来立在葛凤祥夫妻两人的背后，由人缝中，两个肩膀头上探头；

17

枪口一转，吓得他赶紧蹲在葛凤祥的屁股后。摸了摸自己的头，狐皮帽子的飞沿打穿一个洞，惊出一身冷汗。那个没有发话的捕头，原也隐在匪首的身后，在开枪的同时，一个箭步，窜出老远。只有葛凤祥夫妇，当然也吓了一大跳，都捆住了，戳在那里不能动，女人发哼，葛凤祥也哼哼。官人一齐哗然大骂不休。

这发话的捕头险些送命，更怒骂得凶。不过按原来密计，并不打算斗口，张玉峰急急地嘘唇作响，向两个捕头打手势，"照计而行，不要为这一枪，变了算盘珠"。两个捕头相对呲牙，骂骂咧咧，撮弄着要犯，往偏远地方挪，把防弹的架势摆好，再向屋里叫："喂，神枪手姓高的，别傻干了，这不是非要命不可的案子，干啥你非要拒捕不可呢！拒捕伤官，可是掉脑袋的罪名啊，伙计，你犯得上给姓葛的顶头炮么？你这么弄，可是给你姓葛的朋友加重罪了！"又从背后，捣了葛凤祥一拳："姓葛的葛朋友，你别装傻，你也吩咐一声啊，你别教你们的伙计胡搞没完啦？看看天，多早晚了？再打有什么用？再说你自己玩的把戏，你自己还不知道吗？你没犯死罪，你怎么一定要往拒捕造反的案情上挤呀？好朋友听人劝，趁早教你们高伙计，扔出磕子来，咱们一同归案打官司去。没有打不出来的官司，你们不是那个事。里里外外有我哥们呢，准得好好照应你们几位就是了。"

这样说劝，葛凤祥只是哼，不说话。捕头又捣他一拳，那另一捕头说："哥们，别别……你教他说话，你可把嘴里的核桃掏出来呀！"这捕头恍然大悟道："忘了这一手，丢人！"忙给葛凤祥掏出堵口之物。葛凤祥略略喘过气来，就瞪眼发话："我犯了啥罪？"捕头又向他说："你是头牌，怎么问这傻话？牌票上写得明白，你只把你们高伙计叫出来，我们自然跟你好话好说。"

葛凤祥先要求官人，把他的爱妾堵嘴之物也掏出来，官人照办了，他果然依言向神枪手劝降："高老弟，真有你的，哥哥我承情不尽了。你快住手交枪吧，这场官司有我呢，我顶着头打。我可没杀人，又没放火，又没造反，拿我干啥？咱们厅里说话，你们哥俩别来这一套。"末句话是向官人甩腔。随后又说了一些不含糊、不在乎的话，教神枪手别打了："把磕子扔给他们，咱们跟他们上厅。"

神枪手高福犹疑不决，从窗眼露出半个头，一只眼，往房外一张，打三面一瞥，立刻又缩回去。这工夫，镇边军陆续开进庄院来。协统穆金阿仍在庄门前，骑在马上，盘旋巡视未下，里里外外动静很大。神枪手又探出头，钉了葛凤祥一眼，要从眼神上，探测首领的真意，到底他这劝降，是无奈何的真情，还是被逼迫的假话？相隔稍远，又偏着身子，只看见葛凤祥半个扁脑勺，一个眼珠子，神情意态看不出来。到了这分际，官人好像很焦急了，实情也是耗得工夫太大了，人们乱喊乱叫，催神枪手交枪："再不交枪，就要用火攻之计，教你尝尝。"有人传出一个暗号，柴禾火把又开始往屋里投，柴禾先投进一捆，却在投掷时，故意弄散了捆，乱草横飞散落之下，紧跟着又投入点着的火把，只略差一样，火把干烧没沾油。就这没沾油，人也受不了。

神枪手心头小鹿往上一撞，暗叫："坏了，这一手！"忙推助手，两人一齐用枪头往外挑，又用东西砸，仍苦来不及。神枪手急急换用左手枪，（他双手会打枪），左手托定小六转，右手抓起火把往外抛，吧吧吧，一面救火，一面开火。

神枪手闹了一个手忙脚乱，更糟的是外面尽管有人照旧劝降，却已重新开始往屋里放枪。不过这枪瞄得很低，仅仅打透窗台以下，乒乒乓乓声中，簌簌地落土，好像要把窗台打透。又夹杂着柴禾火把，继续往屋里扔，落了他一头草，火近攻，枪远打，上下两头忙，这也须防，那也须防，神枪手高福毕竟是硬汉，虽然渐不能支，拼命招架着，仍不服输。他的帮手低声问他："怎么样？支持不住了，出去吧！"他看了看袋中子弹，还没有消耗一半，他又一咬牙，发狠道："打完了子弹，再去送命也不迟！"一个人拒住了这么些官人，他真有些卖味，涩着喉咙冲外面嚷："当家的，别管我，我的枪膛没炸，我至死不交枪。相好的，死了那个心吧。"末一句话冲着捕盗人等说。

捕盗人等了一声号，一排枪弹骤如狂风暴雨，往里面猛打，点着火苗的碎柴禾，漫散开往里洒。神枪手和他的帮手赶紧的招架，乱草几乎围在他的头顶上，他乱拨乱打。围着屋子枪声轰轰，震耳欲聋，烟硝迷漫如雾；神枪手避弹躲火，头晕眼花，就在这一阵忙乱中，突然间草盖的屋顶破漏一个大洞，忽隆一声响，神枪手急忙仰面抬头。迟了！飞将军自天而降，屋椽横飞，灰土迸落，草舍像要塌，其实只有一块单扇门板砸下来。跟随门板，还跳下一个人，跟踪又跳下一个人，又一个人。

神枪手被拍在门板下，砸破了头皮，夺去手中的枪。他的助手迷了眼被踢倒，也被拧腕子捆上。这自天而降的飞将军，就是泃阳武师张玉峰，和得胜镖局杨广文镖头，跟踪而下的，还有张玉峰师弟朱天雄。喊了一声号，外面枪声顿住，火把停扔，众人一挤而入，踏灭土炕上的星星欲燃之火，直字大绑，把神枪手高福，和他那个失名帮手一齐架出来；连同东霸天葛凤祥、金帽缨子金茂英、宾士阿、王金山、潘四阎王，以及其他副贼伙匪，共擒获二十余名。算起来捕快和官军各捕得十几个。在牌票上指名逮捕的，不过他们六七个人，于是逐个点名，教眼线一一认确。然后又验伤，搜赃，缉逃。

镇边军协统穆金阿带队进庄，入室，升堂验犯人，点姓名，略略讯供，把内外剿捕的人犯，会在一起，押在一屋，镇边军二百名官兵，布开了防，由哨长带领，续往山地上排搜，恐有在逃人犯。直办到过午，因要犯已获，这才征调车辆，排队起解。敲起得胜鼓，吹起铜号，浩浩荡荡，始入绥化厅土城。绥化厅文通判，接到快马飞传来的捷报，亲自跨马到城门外，迎接协统，延入官衙，摆庆功酒，犒赏所有出力拿贼之兵弁衙役人等。张玉峰替文通判做主人，单摆一桌酒，酬谢助拳的杨广文镖头。

庆贺已过，次日开审，文通判按着那二十七张状纸上所指控的情节，逐件讯问起来，东霸天手下的党羽多半据实招承，有些悍匪更昂昂的卖味，问什么，认什么，不过是一颗七斤半的脑勺，爷们卖了，请堂上愿意定什么罪名，就随便写什么罪名。神枪手高福就是这样的招法，宾士阿也不含糊。

只有罪魁匪首葛凤祥，咬紧牙关，挺刑不招。抢掠人口，压根儿没有这回事情。强买地产，那是对方情愿贱卖，他们要回老家，故此把荒地折给牌头。至于潜与胡匪通气的罪名，他供的话更是强硬，这是官府保护良民不力，一任胡匪入境，成帮胡匪枪多人众，哪一个村镇，哪一家地主敢抵抗他？"我们关外风气从来就是这样，匪人前脚来，我们得提心吊胆地拿供奉，要牲口给牲口，要钱要烟土，就得给钱给烟土。官面后脚到，也是提心吊胆照样拿供奉，抓车给车，要人夫给人夫，哪一方面伺候不到，哪一方面都要找寻我们当牌头的毛病。得罪官面，不过坐监，得罪胡匪，他们要烧我们的房。若说通匪，我们绥化厅都得算窝主，老爷是清官，老爷手下的人可肯喝西北风，老爷手下的人到我们疙疸山去，巡防清乡，我不是不招待，无非是招待的不足，这才引出二十七张呈子来。下民为人嘴直，自知疏神得罪了人，所以才闹到这样，老爷想情！"他的口锋很刁很硬，文通判大愤，喝命动刑，却是这葛凤祥现当着牌头，又捐着功名。文通判一怒，就革去他的牌头，褫去他的功名，把他刑讯起来。过了几堂，大罪一件不招，小罪只招了一个。招土娼、聚赌的条款。

文通判办理这一案很认真，定要给他一个应得之罪。葛凤祥的漏网的党羽，竟在外面布置起来。遣人打点厅上下，探监牢，向葛凤祥通消息，要主意。葛凤祥身在缧绁之中，仍能指挥外面的伙党。在被捕数日后，便有人专程进都省，想门路。同时在外面，还有葛凤祥的外甥周振东，当日由疙疸山脱逃，奔到一拨马贼的潜伏巢穴，向杆子头报信求援，杆子头派部下给各处送信。不数日间，绥化厅境内各草野人物都晓得："厅官厉害，疙疸山的葛凤祥教他给抓了。"葛凤祥竟有这么大的潜势力，居然旬日间，在靠青山山坎，聚集了百十多个马贼，密议搭救葛凤祥。他们公然定下了攻城的劫狱之计。那主谋人便是葛凤祥的外甥周振东。——周振东年纪轻，膂力猛，胆气更冲，他竟蛮干起来，不但是劫牢反狱，而且是要在白昼，攻城焚衙。

一百多个马贼，人人骑快马，挟十三太保，约在某日白昼午时，编成两队马队，分两路直攻绥化城。土城既小且矮，衙门没有院墙；监狱就是班房。衙门里的人，寻常州县厅该是三班六房，绥化厅却有四班：捕班，快班，皂班，勇班，多着一个勇班，乃塞外所特有。四班班头以下，各有差役百余人，都是不在名册的"腿子"占了过半数。这些人"扰民有余，御盗不足"。

到劫城这一天，官方事先一点也不晓得，还在照常办事。文通判在签押房批阅公文，正忙着地丁钱粮的公务，这天不打算过堂讯案。阅完公事，回内堂用饭。饭后看书，和太太闲谈，觉得心绪不定似的。忽然，听见一排枪声，文通判愕然站起来，这时候，护宅武师张玉峰带领一个牢头，慌慌张张，奔来告密："葛

22

凤祥一案的犯人颇有炸狱的可疑情形。如果狱内生变，深恐衙外必有同党接应。刚才听见了几声枪响，好像在城外……"张总爷又说，已禀告二老爷、四老爷，并已转告四班班头人等，小心戒备着。

文通判听了骇然，侧耳谛听外面，心中疑惑，仍未肯轻信。虽说在塞外，天高皇帝远，可是炸狱的罪名很重，谁敢胡来？但又说道："方才的枪声倒很可疑，你们听不是打猎的么？"……正在问话，忽听内堂屏门外典狱吏大声地说话："王升，王升，快请大人出来！"文通判不禁一抖，忙举步往外走，太太小姐都听见了，吓得抱住了文通判，不让他出去。夫人向张玉峰说："张师爷，你们几人护内宅，快去！快去！"

文通判正了正胆气，摆脱开夫人小姐，长随扶着文通判，往外踉踉跄跄走。大堂二堂之间，沸沸腾腾，听得一片脚步奔驰声。守北城门的官弁，已派来快马飞报，报警的人直奔进大堂，方才下马，立刻求见通判大人，说是："北门以外，黄尘浮起，确有大批马贼驰向北门，恐其来意不测。……"文通判登时急了一头汗，说："快快去调镇边军，快快守城！开枪打，打！"

没等到调派妥，北城门已有匪开始攻城。四五十个马贼，策骏马，端火枪，往城门闯，城门登时关闭。他们立刻向城门"吧吧吧"，开了一排枪。这又是一伙胆大妄为，毫无成算的莽贼。既要劫牢救犯，便当乘夜暗袭，潜攻。像这样青天白昼，结队持枪，硬闯城门，把官兵视同木偶，岂不太拙笨，太狂妄了？而他们自恃枭勇，料到绥化厅土城低矮，不足拒守；城门攻不破，还可以爬城墙；混饭吃的四班差役都是些当地土著，顾恋身家，听枪必跑。

他们就骂骂咧咧，任凭周振东作主张，一拥而上。他们太胆大了，还自以为英雄，可是他们也算料着一步，北城门纵然关上了，里面没人还枪。这一伙马贼，立刻迫到北城根，往上开枪，那另外一队也是四五十匹快马，豁刺刺地抢奔东门。东门先时闻警，关门登城抵抗，下面马贼一排枪，上面守城官弁还发一排枪，终是寡兵不敌众寇，懦弱不敌悍强，北城门先失守，众贼先锋队越城而过，砸开城关，把自己人放进来，然后纷纷上马先放了一排枪，为的是先声夺人，好教衙门隶卒趁早逃掉。果然这一来吓得商民乱窜，关门上板。北门大街空荡荡只剩了一眼望到头的空道，男男女女都躲净。众贼跟手就设下巡风之贼，整大队，猛扑厅衙。那攻东门的一队几次没有抢上城垣，又没有攻破城门；这时已晓得北门得手，立刻掉转马头，跟踪由打北门冲入。两队马贼合为一队，却在攻城半个时辰以后了，厅衙早已接到匪警的初报，二报，三报。……

厅衙变成空衙，文通判由护宅武师和长随搀扶，脱官衣揣印信，跳后墙逃出去，潜进民宅，太太小姐先一步逃出，钻到旷地草棵丛里战抖抖的面无人色，由家丁持十三太保保护。四班班头率领众役，分持枪火，护衙，护狱，护宅，宅早空了。厅官一走，衙中人一齐惊慌。一个班头带了十几个捕快，直奔后宅，大声请大人发令。连叫数声不应，人心动摇，势将溃散。幸而武师朱天雄从旁边奔到，厉声叫道："杜头，大人在前边签押呢，刚才传下话来，教你们快上房开枪护衙，匪人不拘多少，格杀勿论！"杜班头回转身，朱天雄再三指挥，吴宝华也在房上叫，杜班头慌忙带人，折转二堂，登上更道。

这时候，张玉峰武师把长官藏好，急急请示办法，文通判心神略定，急急下令。第一，传令衙中人，一半上更楼拒盗，一半在衙内各处守护要犯。第二，传命快班，派急马调镇边军驰援。

张玉峰领命，右手持小六转，左手提单刀，还背着十三太保，奋勇重入后衙。张武师到的时候很凑巧，成队的马展眼就要扑到衙前。因为众贼是攻破北门进来的，所以他们顺道先攻后衙，张玉峰只身一人，从民宅绕出来，刚刚翻上厅衙墙头，马贼的一排枪已然隔着街打到，震得墙头索索落土。张玉峰急滚身往下一伏，幸未负伤，连忙借衙障身，跳进更道，进了衙门里边。多亏正在白昼，衙中人全认得他，见他从贼人火线下冲过来，如同活见鬼似的，乱叫张师爷快伏腰，快过来。官人们一面乱喊，一面开枪打贼。枪声砰訇历落，张玉峰哪里听得清喊声，他只是赶快地翻墙登房，往衙里猛闯罢了。所幸环攻厅衙的匪众，因为个个都是火器，又因为人人全是马贼，故此先锋队虽到，不能迫近衙墙来打；而且他们还没合围，也没有下马，七八个先锋队还隔着一层民房，张武师便平安地偷渡进后衙了。

巷前和衙内，一方是贼人跨马远攻，一方是官人登高据守，已然硝烟迷蒙，流弹如雨，震耳欲聋。张玉峰在夹缝里，从外面硬往里钻，实在是涉了大险，这全靠英雄出少年，血气方刚，有这一股子锐气；更道上作壁上观的捕役，都替他捏一把冷汗，他却也满头冒热汗，一时登上更道，立刻指挥传呼起来。第一道号令，先教衙中人节省火药，不要像这样瞎放空枪，贼的影还没看准，乱七糟八地开排枪，少时子弹必完。第二道命令，便是厅官刚才所示护衙护狱，力战后援的话了，一面传令，一面大声喊："快快快！"

这时节，匪众的大队如潮水般涌上来，前队后队齐到了，倏然分开来，以后衙为正面，后两肋斜抄，把厅衙整个包围，把前衙出口也堵上，好像这群马贼只会明火打劫，还不会攻城围宅，竟把官人堵死在里面，不给留"围城必缺"的缺口，好像故意挤对官人死门似的。这是周振东的拙打算，要救亲娘舅葛凤祥，唯恐官人把要犯移走。殊不知张玉峰带来文通判的密谕，已遣数名牢卒监视着葛凤祥，万一监狱不守，就先刺死要犯。但文通判也殊不知牢卒别有私打算，刺死要犯，势将危及自己的身家性命，几个牢卒在惊慌中，已打定先顾身家性命，后管囚徒的诡算盘。

马贼的攻势，在后衙的一时很占优势，守内堂的官人藏在过道两旁，伏在北屋后窗内，努力还枪，起初流弹打过了头，砸不着他们，他们奋勇不退。

猛然间，从斜刺里打来一排枪，内堂的守兵有一人负伤，别的人险些挂彩。紧跟着又来一排枪，守兵不约而同，乱跳乱喊道："坏了，攻进来了。"一齐弯腰，扯转身，往二堂跑。于是内堂失守。马贼先锋队又攻进一层，立刻发一暗号，踏踏的一阵响，竟有十几个马贼，骑在马背上，冲进后衙院了。

马贼已入后衙，马贼的先锋队立刻抢进内堂，又据在内堂，进攻二堂。由内堂到二堂，中间一段道路，左右两厢，当中颇宽敞。更楼上的官人，刚巧架好了大抬杆。这是高过一人的大火器，必须两个人燃放。朱天雄本来不甚会用，但一见贼人攻进内堂，他一顿足，焦灼万状，大喝一声："快放！"助手抖抖地点不着。朱天雄过去一把推开，亲手开火。轰然发出大响，一片铁砂子如黑雾一般，罩到内堂。众贼骤出不意，虽然没有负伤，却已惊惶呼噪，连忙退回。但是过不到一会儿，众贼重又结聚，溜箭扑上来。朱天雄再发大抬杆，因有窄垣阻挡，不见瞄准，连发数枪，贼人反倒迫近前来。正在危急的时候，张玉峰带人抢上更楼，立刻也架上抬枪，并排一共四杆，齐照贼人来路轰击起来。这一杆点火门，那一杆发火药，四枪轮流点发，烟斜雾横，轰击如雷，后衙的贼人竟不能得手，霎时间阻在内堂之前，二堂之

26

后。马蹄声豁剌剌一阵乱响，紧跟着听见马贼枪声暂住，众贼发出互相传呼之声，夹杂着恶声丑骂，威吓捕快交出犯人，紧跟着前衙后衙，左箭道，右箭道，似同时发出几排枪。忽然轰隆一声大震，前衙大门似乎被砸倒；官人不由惊耸，有的失声怪号。忽然又轰隆一声大震，后衙靠左箭道攻倒了一堵墙，困守衙内的捕快差役隶卒，不由震动乱叫道："不好了，衙门失守了！"有的人就要丢下火器往外窜，往屋里钻藏。三个武师、两个勇敢的班头，厉声喊道："打，打，别慌，别走！"无如人心已然浮动，绥化厅共有四班六房，上上下下约有四百多号人，将近五百号人，竟被百十个马贼围住，而且眼看着要失陷，要溃散，要被马贼活捉。

张玉峰眼珠通红，班头吴某满头大汗，两个人都急了，只要人众溃散，衙内的人必要悉数灭亡。两个人齐声喊："打叛徒！"其实是打逃卒，喊错了，可是明白人全听懂，吴班头带刀砍倒一个要逃走的捕快，张玉峰用小六转，打倒一个正跳更道往外逃走的更卒。于是，四个班头三个武师一齐大喊："谁逃跑，要谁的命！"一顿刑威，人心暂被镇定。张玉峰举枪当先，引领官人放弃了后衙，漫散着齐奔内堂。留一部人扼守内堂，余众还奔更楼。

更道之上，恰有张氏师弟朱天雄，带领十数人，抢先上去。更楼之中，竟有大抬杆十六杆之多，朱天雄与手下人赶忙架出来。后衙颓倒的墙口，已涌进六七个马贼，都是身轻步健的汉子，一手持刀，一手持手枪，还有只挺着十三太保大枪的，刚一探头，又猛然一窜，跳出堵口，抢到房后了。又一探头，再往前一窜，立时又进一层。他们都是先找好障碍物，隐藏身形，然后才肯往前挺进。他们并不贸然骈肩，硬往里面闯。而且在外面，

27

还有他们的接应。他们是步下有能耐的硬手，外面的那都是骑术很精巧的马贼了。好像这些接应之贼并没有下马，都已一直地迫近了衙前，贴在墙头之外，好像把身子站在马鞍上面，只露出半个头，一对眼，把火器顺架在墙头，瞄准衙内的更道、鼓楼、墙角、门缝，乒乒乓乓，往里面不住手的开火。上上下下扫射攒攻，他们借此掩护同党步下先锋队的冲锋。单看这一点，马贼之中也似有能手。原来这方面并不是莽汉周振东，这方面竟是靠青山的大寨主，亲自督攻，那莽汉周振东，这工夫抢攻监狱去了。

那抄攻前衙的马贼，又已破门而入，直攻到大堂，却不再往前进扑，好像贼中有人认得监囚之所，一直地抢奔班房去了。当时扑了一个空，葛凤祥等确是押在班房中，此时已由典狱吏贾勇督同牢卒，把要犯移到巡检衙门那边去了。巡检衙门就在厅衙旁边，有角门通着。这时巡检早将门户关闭上锁，和部下兵弁登上屋顶墙头，也架起大抬杆，努力守护着。贼人并不晓得已然移狱，由周振东率领，凭一股锐气，仍扑入班房。班房就是临时的大牢，此地大牢还没筑好。贼人攻入班房，班房一个人也没有，只在桌底下抓出一个小当差。经持刀喝问，小当差哆哆嗦嗦地一指巡检衙门的角门，贼人手黑的砍他一刀，再问更问不出来了。周振东立刻纠众，再抢巡检衙门。

前衙进来的众贼，猬集到巡检衙门的门前，向门缝里开了一排枪。旋即奔出几个大胆的贼，动手来砸门。角门不坚固，一砸便碎，贼人大喜，鼓噪着攻进去。突然迎面还打出一片黑雾似的铁砂子，众贼哗然乱叫，往后面奔退！贼队中已有人负伤，旋又合拢来。二番进攻。贼队中颇有玩火器的高手，由角门探头，往里面还击。这时候衙前衙后，两面开火，砰訇之声不断，众贼狂奔怪喊，攻势很猛。巡检衙门首先不支，原因是浪费火药过甚，

28

只顾乱打，把火药都打到空处；只铁砂打伤了二三个贼，一个死的也没有。马贼这边都是有计划的，往往连合数杆枪，先发一排子弹示威，随后便一递一声历落瞄打，照准官弁藏伏处开火。

只攻了片刻，巡检部下的火药已耗尽十分之七八，部下这才觉得子弹就是性命，还得留下一点保护自己。稍一顾瞻，枪声顿稀，由稀渐至于停，众贼立刻鼓噪音，续往前纷纷进扑，有的钉在角门，有的绕抄后墙，巡检衙门突然危急起来。

在这时厅衙的人，已陆续退到鼓楼上面。厅衙门四角的瞭望角楼，已失守两处，所剩两处倒是硬手把守，同时也算被马贼围住，逃不出去了，自然发生了负隅死斗的勇气。两座角楼的火器，往马贼来路打得很紧，鼓楼上的人，自张玉峰率众赶到，已展开手脚，把十六杆大抬杆，都架出来，分两面瞄准；火药也都抬到垛口后，立刻照二堂群贼和角门群贼轰击起来。贼分两面进扑，大抬杆便各用八杆来对付。此发彼装，一递一下，惊雷连响，顿然如迷雾飞砂。中间还夹杂着三四支火枪、十三太保、小六转，还有两尊土炮，也拉开栓，轰了几下。鼓楼如此顶住了，角楼那边也是不住手往下打，和鼓楼交织成十字炮火。人心也似随枪火渐趋镇定，越打越有准头，越有联络。贼人陡觉不利，接连有十几个人挂了彩，还有三四个当场殒命。大抬杆这种武器，运用较难；张玉峰和几个猎户出身的狱卒，起初还是乱打拒贼，渐渐地把贼人的攻势压倒。之后索性把抬杆更往外架，使枪口下抬，八杆对着二堂和后衙，八杆对着巡检衙门，往贼人聚集处、窜处瞄准。抬杆发出来的铁砂子是一大片，手枪六转也集中了打；张玉峰指挥枪手，要两三支枪单瞄一个贼，十支枪分瞄十几个贼，这样呼号齐发，一打一个准。

这样的打法，贼人负伤的越多，渐渐不敢在火线露头现身了，渐渐退向墙根屋后。靠青山的寨主，和周振东互相传呼，调动大队，不敢再抢监狱库房，索性采包围式，把鼓楼角楼围住。贼人隐身暗处，探出枪口，往上面击，意思要先占领鼓楼，扫荡了残余的两个角楼。然后再砸监救友，这样一来，猛攻陡然变成相持了。可是贼群在平地，官人占据高处，高下相形，攻守异势，贼人究实不利。

靠青山的大头目动了怒，周振东更是焦灼。暗中传令，把两人所率领的马贼，会成一路，排成长蛇阵势，往鼓楼连发了好几排枪，一排枪约有四五十发子弹，登时泛起很浓的烟硝气。另遣几个大胆身轻的贼，爬墙往上抢攻鼓楼。这几排枪真个是打得鼓楼坠瓦落土。却因官人都伏身开火，一个人也没受伤。只听见子弹破空声，沙沙声十分惊人，张玉峰连忙督率大众，掉转大抬杆，冲着下面发枪处，瞄打下去。但是贼人在下面骤攻几排枪，早不等还攻，又绕到别处。张玉峰只顾抵挡正面发排枪的贼，因鼓楼上烟气极浓，没有理会贼来探头爬墙……突然间，有一个贼爬到鼓楼侧面墙边，举起手枪，照一个衙门抬枪手背后，悄悄瞄准，乘其不意，抬枪手狂呻一声，登时往前一扑，流血殒命。张玉峰正在持手枪督战，猛然大骇，急一回头，瞥见好几个贼人，冒险上墙头，遂大骇，手中小六转只一拨，吧的一下，"吧吧吧"，一连数下，同时大喊："贼上来了！"师弟朱天雄、吴宝华，和班头们俱各惊耸寻顾，在硝烟迷蒙中，究竟正当白昼，立刻瞥见贼来爬墙，立刻乱喊，立刻掉转七八支枪口，错落地对着侧面墙头轰击过去。这真是马贼的失策，枪响处登时有三四个贼党失手，由墙头倒栽到平地。实际只伤了为首的一人，其余的贼禁不住这迎头一击，仓皇挤避，一个个闪坠下去，却把官人吓得个个咋舌。"贼人的胆子真够可以，哈，真敢白昼硬夺鼓楼！"张玉峰武师在事后谈起来，还是不住地摇头："塞外的豪气是这样强悍嚣张的，哪懂得什么斫头灭门之罪！"

当下官人又多加了一倍小心，不只往下攻，还要时时刻刻提防着屋顶墙头。鼓楼的一角，恰好接连着一堵长墙，张玉峰挥手示意，教两个师弟朱天雄、吴宝华，专挡这一面，别的事不必介意。他自己仍和枪手专击下面探头露脑、不忘抢鼓楼、劫狱囚的群贼。

群贼毫不气馁，靠青山大寨主（名字已忘记）反而激起愤火，向周振东连施手势，似教他改变攻势。这时候枪声震耳欲聋，低声悄语是道不明，听不清，声高传话，又怕对方听了去，他就用手比了又比。周振东听了又听，看了又看，毫不明白大寨主的意思，只当是他要退走，不由发急，连说不行，不行。大寨主急得直跺脚，又点手教周振东扑过来。周振东一心要攻破鼓楼，身子避在墙后，一味地装枪开枪，不肯离地。大寨主气急，骂一声："混蛋！"弯腰奔过去，不想刚离开障身之所，突然遇上大抬杆，一片黑雾笼罩，栽了一个跟头，滚身而起，翻身逃回。周振东瞥见这情形，陡然一窥直扑过来。恰巧正当大抬杆装药换枪，被他逃过去，急急将大寨主扶住。大寨主挂了彩，脸上滴血，耳朵已打穿，但不是致命伤，大骂周振东："妈巴子，教你过来，你怎么不过来！"举手打了周振东一个耳光。周振东连连道歉，替大寨主裹伤。大寨主立刻提出声东击西之计，如此这般放火烧衙："赶快救你舅舅去，行不行就在这一下了。我们的人伤了好几个，半位活人也没有救出来，爷们栽了，光棍该栽就得认栽，别死心眼。"

大寨主是愤话，周振东以为他负伤气怯了，意很不悦。他说："鼓楼角楼再打一会儿，一定可以攻下来，官人的枪声越来越少，再过一会儿，他们的火药就耗完了。"大寨主说："放屁！究竟人家坐地主的火药多，还是外来的客火药多，这不是显然易见吗？"大寨主又说："耗不完人家，准把自己的火药耗光了。"两个人意思大拧，周振东认为放火烧衙，不济急，还恐把他舅舅葛凤祥也烧死在内。不过大寨主说这一把火，乃是诱敌之策，周振东又以为双方已然开火，还诱什么敌？到底周振东挣不过大寨主，大寨主乃是客情，既教周振东分头行事，周振东只可依言。把手下人喊聚到一处，暗暗递过密语，假作撤退模样，悄悄从原进口处退了出去，却留下埋伏，有的藏在衙内，有的藏在外面。那大寨主裹伤督众，也往后撤退了一段，自己带几个帮手，潜奔至后衙各处，找到柴禾堆，把火点着，打算就用这火燃烧鼓楼和库房，盼望把官人烧出来。一霎时烟腾火起，大寨主大喜，立刻埋伏好了，静等官人救火。

不料火势已猛，官人一个奔出来救火的也没有。他们假装撤退，装得不很像，因为并没有骗动居高下望的官人，官人将计就计，反倒把枪声暂住，趁这工夫，补充火药。刚才只顾拼命抵抗，巡检衙门尽有不少火药箱，只苦没有工夫开锁，此刻立即搬出来，打开了，取出来分配停当。刚才不住手地开枪轰击，枪筒发热，有的不敢再放，此刻急忙寻冷水，设法散热。刚才鼓楼和角楼，各不相顾，人自为战，此刻大声互相问讯，交换了联防协抗的办法，三方面一同合力救护巡检衙门。自然，官人中，也有怕贼人放的火延烧大了，获罪不小；可是情知贼人没退，断没有救火的工夫。人人都说："先把贼困住，耗一时是一时，眨眼间镇边军的救兵要开到，反正贼人不会耗到一整天的。"

官人趁这工夫，重新布置好再接再厉的抵挡法，并派出一二人，爬墙头，探望贼踪。这工夫，大寨主眼看柴禾堆燃烧起来，立即督众悄悄散布开，挺枪开栓，预备攻打救火的官人，官人不出来，他只好呐喊一声，续往里进攻，登时双方又开起火来。那一边，周振东潜伏外面，等了又等，火势已然冲起，衙内枪声反停，他不由纳闷起来。他更不暇潜伏，忙把部下带出来，重新攻进衙前。他刚到衙前，鼓楼角楼又把大抬杆对准方向重架起来，照前后两面轰击，和刚才初次进攻时，是一样的情形。而且巡检衙门的枪声更由稀少一转而为繁响，正是歇了这一会儿，越打越有了劲。周振东恨恨骂道："糟，他们添了火药了。哥们帮小弟一把，这没有别的，狠命进攻吧！"又继续攻打了半个时辰，毫无进展。官人们的斗力和军火，已然补充过的了，马贼们的子弹随身所带，到底有限得很，每个人最多不过二百粒，少的有不到五十粒。这样迫近了猛攻，再一再二，不休不止，终归是有穷尽之时。尤其是周振东，他把自己的二百五十粒大枪火药用尽，把小六转的三十多粒子弹也打完，由伙伴袋中借了两三排，他还想狠狠地攻打，他的伙伴懔然警告他："周老弟，手底下留点余地，你可至少要有一两排子弹救命用！"这边子弹渐尽，靠青山大寨主那边，因为是一伙积匪，攻起来其势汹汹，耗起来，暗有打算，子弹却消费得不甚多。他这边是这一排枪放完，那一排接发，轰击之声不断，发出来的子弹并不太多。但是不论怎样节省，马贼所带的火药断不如厅衙库的子弹多，靠青山的寨主心上很明白。一次抢攻不成，二次抢攻不成，大寨主已经隐有去志了；却在当时，还是恋恋未退。

鼓楼的护衙武师和隶卒，也渐渐看透这步棋，他们逃不出去，唯有死守。乍守还心慌，此刻相持已久，渐渐有了指望。看日色还不到黄昏，现在厅衙轰击声如雷，驻扎近处的镇边军，衙中已经派人请救。就算请救的人中途受阻被害，镇边军的协统也

33

必有探马，料必探出万城被攻的情形，因此他们的守志越来越坚。等到贼人纵火之计，仅仅延烧了一个柴禾堆，和几处小房，官人们越发放了心。他们只专心坚守鼓楼，同时兼顾巡检衙门，最后便是盼望救兵早到。在起初，贼人攻势甚猛，子弹密集如雨，他们已经渐觉不支，到了此刻，贼人的子弹越打越稀，他们一群人中，颇有久经不敌之人，立刻向伙伴告诫："贼人快退了，多加小心，多加小心，他们再有一次猛攻，便要溜走。整个的厅衙，只失守了一半，最要紧的是鼓楼，只要仍在我们手中，我们就有活命了。不但是护衙，也是自己救自己的性命。"这道理人人晓得，文通判带来的人，几乎个个是关内的人，一向遭马贼仇视的，他们全明白，所以打得很勇。

　　大众互相传告，互相勉励，同时仍将大抬枪、火枪，往下面打；下面贼人的火器，也还不断往上打。渐渐地越打越不带劲，贼人奔窜的踪迹更见稀少。张玉峰等暗暗心喜，说道："马贼快退了！"刚说完，便有人往来探头，突然从厅衙又发来一阵密雨似的排枪。枪击又猛烈起来。贼人大呼："援兵已到，努力攻啊，努力攻啊！"鼓楼上的人大惊，忙拼命拒住。枪声又激烈起来，同时听见远处殷殷发出火炮之声，夹杂着呐喊声，于是角楼鼓楼，巡检衙门中的人，一齐惶骇。就在惶骇惊呼声中，远处的火炮声越来越近，声响越大越紧。然而奇怪，攻入衙内的马贼们的进击声，应该随声附和，以收夹攻之效才对，此时反倒骤见减少，由减少而至于稀稀落落，而至于寂然无有。鼓楼隶卒，见贼已增援，唯一自救的办法，就是把大抬杆努力地加紧地排击。于是，轰，轰，轰，嘭，嘭，嘭！十六杆分两队，川流不息地轰。轰击震耳欲聋，硝烟迷目。不知怎么一来，轰击稍停，这才听出厅内外，衙前喊："停一停，停一停！"张玉峰也恍然有所悟，也指挥同伴停枪。吆喊声听不见，便用手拖推，一霎时大抬枪不响了，小六转和十三太保也住了手。这一住手，才发觉下面马贼大概早已撤走。鼓楼的人探出头来往下观望，角楼的人也照样。巡检衙门伏在更道上的人，不但探头，而且站起全身来，向鼓楼打招呼，登时互相传告："马贼跑了，别开火了！"人人全从潜伏处亮出全身，往衙门院内察看，再往外面远处瞭望，远处黄尘浮起，密排的枪声、炮火声，十分繁密，十分清楚，同时听见马队奔驰声；铜号浩浩地吹起了进军冲杀的调子。衙中人登时欢喜，这必是镇边军开到，救兵来了。猜度远近，只在南门以外二三里以内了。全衙中人重重喘出一口复苏的气来，随后，鼓楼据守的人多半下来，把全衙重新检阅一遍，布置一回。避到民宅的文通判也回了衙，家眷重返内堂。

文通判到这时慰劳属下救死扶伤。马贼退得很干净，只在衙内留下数摊血，和半条断腿、一具死尸。马贼本已伤亡十数名，大概都运走了。只这一具死尸，也许是最后撤退时因断后而中枪身死的，也许是他们救死扶伤，临末了漏下这么一个，那就猜不出了。全衙损伤，大致不过被砸倒几堵墙，烧毁几间房；倒是内堂，被马贼毁害得不浅。然而要犯一个未失，库房也没被砸开，总算是大幸。文案，捕役，长随，更夫，上上下下，伤了十多个，死了几个，吓坏了一位师爷。夫人小姐都连冻带吓，也害了一场病。

那驰援的镇边军，是由打南门进来的，马贼是由北门退走的。绥化城成了穿堂门，前脚走的马贼，后脚追的官兵，究竟双方是接过仗了，却没望见面目。马贼是预先布巡风的人，镇边军刚一整队出营，他们便先一步知道了。镇边军果然是闻警赶来救援的，厅中所派去的求救的驿卒，竟不会偷渡过去，在厅衙和防

35

警之间，马贼设了两道卡子，驿卒背着黄包袱，骑着马飞奔，被贼卡瞥见，瞄准一枪，把驿马打死。驿卒摔得发昏，爬起来，往回跑了。直等到镇边军的探子报告厅城被攻，协统大骇起来，佯抄马贼的来路，阴作救城之计，虚张声势，先时开炮，把马贼吓走。又在马贼走后多时，这驿卒方把告急求救的警报，送到镇边军大营。他算是交了差，实际无补于救城。

这一事给了张玉峰武师一个切实的教训，以后遇警告急，当遣心腹勇士，断不可委命于泛泛的胆小驿卒。这一事又给了文通判一个沉重的打击，他险些受到失陷城池的大罪，仓促一避，影响人心很大，等到事定以后，行文呈报上司，镇边军的看法，颇与文通判的体面有碍。文通判自然说："经督率标兵隶卒，誓死据守，全城幸获保全，要犯概未逃逸。"镇边军却以为"贼势露张，直扑厅城，经本军力攻收复，匪始败窜"。不过明清政制，重文轻武，到底依了文通判，行文都省，同时把东霸天葛凤祥一案，提前申报出去。文通判想，葛凤祥罪迹昭彰，不久就该解省覆讯，发回正法的了。结果却出人意料之外！黑龙江将军伊克堂阿，突然批谕绥化厅通报："仰将葛凤祥全案要犯，迅行解省。"解省以后，似该传讯原被两告对质，依律治罪。……张武师说，哪知道这一案，自经将军饬提过去，便没了消息。这件案子从此哑昧下去了。

隔过数年，案情冷落，那葛凤祥好像放出来了，突然又出现在边荒。张武师说："这件事直到末了，我如同坠入五里雾中，直到今儿个，我还是说不清！"不过葛凤祥到底也似有所顾忌，从那时以后，倒不敢明目张胆，在绥化厅露脸出头。他的党羽，神枪手高福一流，陆续常出头，照旧干起旧营生，不久又受了招安，而故态不改，终坠刑网，却在黑龙江换了另一个将军之后。

第三章

北霸天倚强占女伶

光绪二十一年四月，张玉峰武师奉命率捕，往疙疸山东北十三道岗，捉拿剧匪王洛五。

王洛五名字叫王才，绰号北霸天，在十三道岗这个地方，开设着一座"王爷店"。因为他姓王，又因为他胳臂硬，势派横，故此叫"王爷店"。凡商旅行人路经十三道岗，住在他这王爷店内，哪怕进去歇歇腿，不管你用过饭，住过宿没有，照例须付店钱二百文一天。你如果不开销这笔钱，他倒不瞪眼，只微微笑笑。你只管走吧，不出十里，必遭劫掠，所失财物，比起二百文一天，恐怕多过几十百倍。那么，这二百文好比就是过境保险费了。王洛五在十三道岗，很戳得住，很叫得响，不但开店，并且招赌，不但招赌，而且窝藏匪徒，塞外荒旷，马贼纵横。恶霸像王洛五一流者，当然所在多有。居民身受其害，都敢怒不敢言；官府势力不能天天照顾到，警察未设，是无可奈何，而他们也就越弄越胆大。王洛五也和葛凤祥一样，把人挤到死路——受害的人忍无可忍，也就猝然具呈告发他。

告发王洛五的是一个姓杨的伶人，本来是个唱野台戏的。唱的是老梆子，杨某便是班主，手下有临时雇的生旦净末丑，有花钱买的几个徒弟，内中还有两个女徒，在当时也算坤角了。这两个坤角，一个十七八岁唱旦，一个十四五岁，唱娃娃生兼旦角。老梆子的唱法，和半班戏似差不多，角色本不很全，唱腔也像只有生旦花脸之别。这两个女徒，内中一个，据说实是杨某的嫡亲女儿；那另一个据说是外甥女儿。谁准知道呢？只听得堂上的供词，那个杨玉环实是承认和班主为父女，那个杨金环确是管班主一口一个舅舅地叫着。

杨某这一次是应邻境大户抬邀，特地由盛京叫来，前往演剧，大概也是酬神社戏之类，塞外本少戏乐，这一次演戏好像破天荒，在庙前演了十几天，别家财主又请了几天。惊动了邻庄，等到此地演完，那边乡民又凑钱赶紧定下了，据说他们这边荒地方，这是头一回演戏。

杨某居然在黑龙江境内，巡回献技，直演唱了半年。转瞬到了秋后，又有人许下重酬，邀他们演唱明年的春节戏。在秋后到春节，中间还空闲数月，别处偏僻的庄堡，也出了较廉的价钱，把杨某传邀了去。这样子一年三百六十天，天天有生意做，杨某算大发财源了。不料在这个夹当，乐极生悲，遇上了王洛五。

杨班主倒没有误投"王爷店"，乃是他在十三道岗附近献技，被王洛五看上了他那班中无独有偶的两个坤角的芳姿。

王洛五出身流犯，遇赦得择，不知怎的发了财，开了店。全一辈子大概没有看过戏，仅只在幼年看过州戏影而已，现在，他初次看见活人演戏，似入了迷。王洛五是在邻镇看见了杨玉环、杨金环，他立刻设法，进身到后台，找老板，看看角色；于是乎大爷有钱，掏出六百吊土票子来，赏给小妞妞。不知怎的，杨班主有了戒心，做生意人无不爱小便宜，杨班主独对于王洛五的缠头之赠，婉拒不敢收受。王洛五大愤，立刻回去，找到十三道岗各商户，对他们说："咱们也该唱唱戏了，咱们别净跑到人家别村里去听蹭戏，咱们不会也叫一台戏么？"

其时杨班主已接受他家之聘，王洛五硬出大价，强夺过来。杨班主不敢把财神往外推，而且出头邀戏的并不是王洛五本人出面，乃是由十三道岗首户商号出名，骨子里却是受着王洛五的摆布，杨班主不知不觉入了圈套。于是，在十三道岗高搭席棚，择吉开演整本的大戏。杨班主的二女杨玉环、杨金环，有时扮一生一旦，有时装两个旦角，自然一个正旦，一个花旦了，王洛五天天狂捧去。

他不过是塞外的强豪，大约并不懂故都梨园捧角的做法，也不知道打首饰，做行头，他只晓得在台下狂喊喝彩，后来看见别人点戏放赏，他不禁大悦，也就掏出钱票点戏。点一出小戏，一赏就是二百吊，他为了摆阔，好引得旦角的垂青，他就在一天之中，连点四五出戏；四五出戏还是不解恨，就又一点七八出；把两个女孩子累得要死，喉咙都要喑哑了。他以为这两个女孩子必然对他表示好感，或表示敬意，殊不知两个女孩子累得要死，痛恨异常，以为花钱的老爷故意摆阔，可不知卖艺人的罪孽了。

应戏的人也震于王洛五的豪举，哄传为话柄，王洛五洋洋得意。可是他一连斗富逞势经旬，只能在戏台上望见美女，却不能在台下亲炙美人，台上二女把他恨得牙根疼，他在台下也急得心眼上痒痒，不晓得该如何入手，才能把二女弄到自己手腕之内。就在这时候，杨班主早已觉出风色不对来了，可是干这行业，对付官绅大户，只能用软招绝不敢硬顶。杨班主左思右想，亲自买了几色礼物，到王洛五店房，好像是拜见绅士，意思之间，并求王洛五体恤这两个孩子，教她俩歇息歇息，别再像这样点戏了。王洛五明白杨班主的要求，就把眼一瞪，吆喝说："你们是卖这个的不是？为什么不教爷们点曲子？"旁人们在旁帮腔，说来说去，说到"把两个孩子叫来，我瞧瞧她，是真累病了，还是装着玩"。这倒一拍而合了，杨班主大骇，极力支吾，告退出来。回到窝伙下处，和他的谋士（一个丑角，一个武生）商量："这可怎么好？姓王的瞪着两只色迷眼，用意不善，想什么法可以躲开他？"武生想到一策，是花钱求饶，丑角却想三十六计走为上策。但是这些妙计未等施行，王洛五突然找上门来了。

　　王洛五在店中，容得杨班主去后，忽然灵机一动："他会找我来，我就不会找他女儿去么？"

　　戏班的下处，就在戏台不远。王洛五换了一身好衣服，骑骏马，带手枪，囊中装了几百吊钱票、银锞子，还有他亡妻一对镯子，他一直找来了。戏班的锅伙，聚居许多伶人，在台上扮饰出来，庄严华美；下台来赤臂的，光脚的，只是一群粗汉，没事就凑在一起耍钱。只有杨班主携带着妻女，便和本班唱老生的马金声夫妻，另住着一明两暗三间房。马金声不但唱老生，也是戏篓子，兼本班教师，所以能和班主同住在一起，并且也有携眷之权，不过他只是夫妻两人罢了。王洛五找到门口，下了马，敲门直入。杨班主正在吃饭，慌忙迎出，一见面："原来是王五爷！"杨班主不觉脸色一变，连忙请安，让坐，马金声忙给拴马。进了房，王洛五一屁股坐到上首椅上，已不是刚才发威的脾气了，换出一副笑脸，说道："杨头，你坐下。我听说你闺女嗓子唱哑了，是真的吗？我们爷们花钱找乐，不能累死活人，我得验验，若是真累病了，由打我这里说，可以教孩子先歇几天，不算什么。你闺女呢？还有那个杨金环，是你侄女，还是你外甥女？是不是她也把嗓子累哑了？"

　　王洛五大模大样说话，杨班主毕恭毕敬，侍立在下首。唱老生的马金声也凑过来，想帮班主说话；王洛五把眼一瞪，斥道："你是干什么的？"杨班主忙道："这是小人班里唱老生的马……"王洛五道："你出去，我跟你们班主讲话，不是跟你讲话，我这里没有你插嘴的！出去！"吓得马金声诺诺连声，倒退出去，连自己屋都不敢进，径直上大帮锅伙去了。王洛五哈哈地笑起来，把手枪解下来，往桌上一摔道："这东西真累赘，我说杨头你闺女呢？"眼往内间一瞧，他突然站起来，把戏帘（临时挂在内间门首的）一挑，贸然钻进去。

内间正在吃饭，杨班主之妻，马老生之妻，杨玉环、杨金环二女，团团聚坐在土炕上，当中铺一块油布，摆两个大碗荤菜，每人端着一只粗碗，盛着高粱米饭。原来他们唱野台戏的伶人，吃喝是这样苦的。王洛五大嚷道："怨不得嗓子哑，吃这种粗粮，岂不把孩子的嫩喉咙给塞粗了？我说杨头，你也太财迷了，孩子拼命给你挣钱，你可舍得给她们吃好的。"

王洛五突然如其来的发话，吃饭的妇女骇然侧脸看他，他两只眼珠子流露出怪样。头一个是马老生的老婆，吓得下了炕，钻回自己屋，连饭也不敢吃了。她的男人早已躲到了大帮锅伙去，只剩她一个人，她也不觉溜出去，找她男人。一明两暗三间房，只剩了杨班主和他的妻，和杨氏双环，女孩子心慌，也要躲出去，王洛五横身挡在那里，两个女孩子退回来，都低了头，不言语。

王洛五欣然大笑，回头对杨班主说："你就是舍不得钱，教孩子们吃这个，哼！"从自己身上，掏出一叠钞票，硬塞在杨班主手内，教他快去打酒，买菜，买肉，买馒头、点心；又教杨班主去买鸦片烟，外带找烟馆借一套烟具："就说是我王洛五借的，他们不敢不借给。"

杨班主心里打着鼓，出去沽酒买菜；杨的妻心上慌乱乱的，不知所措。杨家二女起初低了头，后来放下碗，对这不速之客不觉各自溜了一眼。

　　王洛五是个大高个，粗眉豹目黄眼珠，黄白面孔，凶相就露在眉心两道竖纹，和那一对鹰眼上，肩膀很宽，扁脑勺，大辫子，雄赳赳的样子。同时这不速客王洛五，更直眉瞪眼盯着二女，先寻看脚，后寻看脸，一对豹子眼流露出猥亵之光。这两个女孩子有些害怕，她们俩在台上风流跌宕，妖冶异常，私下里实在规矩。但她们时常串演风月戏文，自然晓得花园赠金，湖边私会一类故事，比起旧日少女，总算早熟。杨玉环生得较为秀美，心也灵透，岁数也较大，被王洛五这一看，粉颊先红起来了。王洛五的眼又发出无声的话来，这女孩子越发蹋踖不宁，盘着的腿一伸，又要下地往外走。王洛五猝然发话："喂，你叫杨玉环，是不是？装樊梨花的不就是你么？你比台上更漂亮了，哈哈哈，你嗓子是唱哑了么，哎？"

　　杨玉环已然站在地上，杨金环不觉也跟随下了地。王洛五突然横身障门，伸出一双手，要拍肩膀。杨玉环不由一缩，停在屋心，已然没有出门的路了。王洛五重问了一句："你是不是杨玉环，说话呀？"杨玉环低声说："是我。"越发蹋踖起来。王洛五很得意地四顾，两眼盯着杨玉环的脸，又问道："你真哑了么？"答道："有点发哑。"可不是，说话的声音有点沙涩，身子还在屋心打晃，似乎觅路欲出。王洛五大笑道："什么哑？你这么说话，比台上更好听。喂，你别走，你们姐俩全别动，我教你爹买菜去了，今天是我的请，吃完了，我还要烦你姐儿俩来一段呢。你们就会唱老梆子么？你还会唱蹦蹦不会？会唱二黄不会？"

　　王洛五这家伙好像对这狎优调情的把戏，不大惯熟似的。他只会嫖土窑子。他的举动十分露骨，居然对杨妻发下"逐主令"，他说："老伙计，你在这里死钉着干啥？我还会把你俩女儿吃了不成？我说老家伙，快去弄弄火，回头你男人买来菜，好快快调治啊。"立刻拿出了土豪的面孔，先把杨妻逐出去，次将二女拘在屋，渐渐动手动脚胡闹起来。两个女孩子又惊忧，又羞臊。杨玉环岁数较大，勉强还能对付，端起茶壶，客客气气给斟茶，完全依着跑江湖拜首户的女艺人的路子走，想拿"敬而远之"的态度，抵抗邪魔外道。杨金环一味害怕，只想逃躲；王洛五不肯放，她竟叫唤出来："我找我妗子去。"王洛五笑吟吟说："找你妗子干啥？傻丫头，陪五爷说会儿话儿不好么？来，喂，给你这个。"把十两一锭的银锞子两个，塞在杨金环手里："拿去买花儿戴去。"杨金环不再挣扎了，握了银锭子。不由请了一个蹲安，"谢谢大爷的赏，干吗还教您赏钱？"十四五岁的女孩子，把王洛五当作寻常绅士，得了钱，忘了怕，说出照例的话。杨玉环连冲她施眼色，她通通没看见。王洛五大乐，但是出乎意外，杨金环谢完赏，还是想往屋外走。这结果徒惹得王洛五更进一步的啰嗦。杨玉环觉出不妙，忙说："妹子别惹大爷生气，大爷教你陪一会儿，你老老实实待着不结了？干吗老想往外钻？撕撕房房的，什么样子？"

王洛五松了手，冲着杨玉环咧大嘴笑，露出满嘴黄牙，说："还是你明白，小丫头片子任什么不懂，不知道五爷爱惜你们么？"把一锭大银锞，丢给杨玉环，足有三十两。杨玉环往后退，连忙说："大爷别再赏钱了，给我妹子一个人，我们俩都谢您了。"王洛五道："给她是给她的，给你是给你的。嘻，你老往后躲干吗？"张开大嘴道："我不是老虎，不会吃活人啊。"一直凑过来，要把银锭也塞在这个女伶的掌心，杨玉环越发红了脸，但是后退无路了。

王洛五捉住她的手，把银子强塞给她。她没法子拒绝，勉强道谢。王洛五方才一喜，她立刻又说："我们可不敢私自接您的赏钱，我得问问师父和爹爹。"王洛五沉了脸道："怎么呢？给脸不要脸，是不是？"他这句威吓的话刚出口，杨玉环早大声冲着窗户叫起来："妈呀，您来！师父，您来！这位大爷赏给我们钱了。"两个人差不多同时出声，外面立刻有人答应。但走进来的却不是杨玉环的娘，竟是杨玉环的爹——杨班主。

杨班主跑得呼呼带喘，把酒肉蔬菜买来，把鸦片烟具也借来了。

情势一缓，王洛五便命杨班主夫妻做菜温酒，又命杨家二女侍候他吸鸦片烟。王洛五竟躺在内间炕上。可是刚一侧身，忽又坐起，把身上所藏的手枪、弹药、银钱，一一掏卸下来，满不介意的，丢在炕上；其实这一支手枪，只用来拍山镇虎，他身上还秘藏着另一支手枪哩，这另一支手枪，是他眠食行走，片刻也不肯离身的东西。

他强迫二女给他烧鸦片烟。他又把杨班主叫过来，作为陪他闲谈。他先说起二女嗓哑的事："真哑了，我给治。某人某人是本街的名医，拿我的片子，可以把医主请来，冲我的面子，他也不敢要钱。"次又说到生意："杨班主，没钱花，别为难，短什么，冲我姓王的说。"把一千吊钱票子，强命杨班主收下："我瞧你这人怪好的，你别不收，不收就是瞧不起我。"随后他又说起他所开的阎王店，他说他的定章，客人进店每人每天二百文："不是咱们派他，是他们愿意花。花了这钱，对他们有好处。"某山某寨的某人，跟咱是熟人，某地某窑的舵主跟咱换帖，都是过命的交情："客人在我这里花了钱，走遍方圆七百里，保管有人照应。"末后又说到杀人越货的事，某一件他晓得，方才说，他很爱惜杨班主的两个女儿："这两个女孩子，我看却不错，难道真跟你老哥奔走一辈子么？莫如由我给她们找个主，嫁了出去，她们俩固然落叶归根，都有终身倚靠；你老兄也可以多得一笔钱，做棺材本。哪怕你还愿意干这行，你不会再买两个女孩子么？"总而言之，威逼，利诱。口说不算，把那支手枪摆弄着，立逼着点头，而且当晚他就要留宿。

杨班主竟被他镇吓住。不只是他的手枪令人惊，他的神情令人怖，尤其是他素日的狂豪的威棱，杨班主都打听到县内，刚才他给王洛五沽酒借鸦片烟具的时候，酒铺和烟馆主人，只一提王洛五三个字，便都替他咧嘴，脸上带出古怪神气，好像王洛五想琢磨这两个女伶，这烟馆中人都晓得了，临出烟馆时，他明听见人冷嘲地说："杨班主该大喜了！"这句话的意味多么可怕！又听人说过，某某山沟，某某村民，被他裂眦之怨，一家十数口，一把火，全给葬送在火窟，连一个小孩芽子也没留。某某村庄，某某孀妇被他看上了，霸占了去，人财两得，经夫兄具呈到官厅控告，半路上说是遇上狼群，分明有人听见吧的一枪，末后夫兄是完结了。还有这孀妇的弟弟和族叔，也突然失踪。这孀妇不上一年，也窝囊死了。王洛五竟拿良家的孀妇，当粉头似的玩弄着，公然在手下党羽面前，摆出调戏、猥亵举动。这个孀妇生生饮恨而死了。……诸如此类，事情很多，他究竟仗恃什么呢？据说，一来有财势，二来有羽翼，最凶的还是他自己，本是亡命徒，不怕死，火器更打得好，百发百中，人也颇有豪气，做事一掷千金不吝，因此在匪党中，颇有人缘，也因此能获得一二落拓女人的倾心。他的一个爱姜，便与他同恶相济，现在不幸，这一个活阎王偏偏光顾到杨班主头顶上，杨班主仓皇失措了。他还想央求王洛五，他已然词不达意，只是翻来覆去，求"高抬贵手"而已。

王洛五俨然成了屋主人，一时菜做成，酒也烫好，王洛五说："你们来，吃！今天我做东。"阎王爷赏饭，杨班主夫妻父女不敢不吃，吃的饭都从脊梁骨下去的，不大舒服。吃完，王洛五催杨妻到外间收拾杯碗，催杨班主："也帮着你们太太忙活忙活，别直眉瞪眼发愣啊！"于是又摆上鸦片烟具，他一头躺在土炕上，命杨玉环给他烧烟，命杨金环给他弄茶水。杨氏夫妻惊极愧甚，一筹莫展。阎王登门，当晚留髡；夫妻俩面面相观，心想找唱老生的马金声，商计一下善遣的办法，可恨马金声躲得远远，连他老婆也溜出去了。一明两暗三间屋，内间只坐着王洛五和杨家二环，另间屋只有杨班主夫妻堵着一口鳖气。王洛五在内间，渐露狂态，声息外传。杨班主耳根发烧，在外间听，蓦然间心头火一撞，要摸切菜刀。被他女人一把抱住，比一比手枪。杨班主呻吟一声放下屠刀，愣了半晌，隔戏帘探头，向女儿施眼色，打手势。自己央求不成，教女儿委婉情恳，也许免掉堵上门的这场难堪。他妻子竟怕极，意思之间，卖艺街口，何时是了局，不如要个大价钱，把女儿给了这人。杨班主却认为女儿卖给这人，乃是后话，今天晚上这一件丢人事，仍得先想法子避免。因此，他还是外面伸头探脑，要把女儿哨出来。

不想他刚一探头，王洛五把烟枪（不是手枪）一摔，翻身坐起，横眉立眼，舌绽春雷："滚，找死呀！"……一刹那间，二女矍然侧脸，杨班主冒死抢进一步。王洛五大怒，脸色一变，抄起手枪，手扣枪机，拉开保险机。

不想在这一刹那，杨班主扑登地跪下了："王大爷，您得给小人留面子！"王洛五挺枪要放，杨玉环倏将烟签一丢，横身遮挡，昂扬立在王洛五和她父之间，抖抖地说："五大爷，您这是干啥？您别吓唬他，他是我爹，您有什么，冲我来！"

女英雄懔然挡住了枪口，纤纤玉手按住王洛五手腕，樊梨花的英姿好像活现在土炕、绿豆碗、瓦烟灯、竹烟枪之间。

王洛五（这个草野英雄）一霎间愕然。呆了一呆，突然一长身，咯咯地怪笑着，猝然微弯身，把杨玉环抱住，往炕上一放。回身，抬腿，喝道："滚出去，老丈人！"要踢又不肯，俯身探手，把杨班主连拖带推，撵出外间去。

呼隆一声，内间屋门交掩。一灯如豆，外间屋漆黑，塞外寒风阵阵打窗，偶闻一声马嘶。唱老生的马金声和他妻，直挨到天亮，方才往回走，猛一看见这一匹紫色马，兀自拴在门窗前，夫妻一缩头颈，又溜到别处去了。

第二天，杨玉环、杨金环全没有出台，杨班主也没露面。第三天，第四天，第五天……杨玉环、杨金环仍没登台。杨班主倒露面了，鼻涕一把，泪一把，溜到戏班锅伙，向大家要主意。大家乱七糟八，七言八语；一连过了七八天，说到归结，不外三条妙计，一拼，二躲，三告状。但是强龙不压地头蛇。王洛五天不怕，地不怕，以一个孤身汉霸占二女伶，堵上门欺侮人，不就是全凭他那杆百发百中的枪么？在留宿第三天，他就露了一手甩手一枪，打落枝头小鸟，"这玩玩意儿，谁惹得起？"而且杨老板不过是个跑野台唱戏的伶人，又是个唱花旦出身的，身上好像早就缺少男子骨头。强暴之徒，他年轻貌美时，也曾遇上过。最糟的是他的性命比谁都值得多，因此头一个他拼不起，他的老婆也是怕死。一家四口，竟教王洛五吓住。只有杨玉环，身虽遭污，却有些倔强之气，王洛五作践了她，她变着法琢磨王洛五，把王洛五摆布得牙痒痒。待等至王洛五把他老婆的首饰、镯子全数送给了她。她也就又恼，又恨，又马马虎虎，好像有点愿意了。王洛五的豪气，有时候，吓人，可也有时候动人似的。

其次说到躲，如要躲，也得先有一拼的决心才成。王洛五天天泡在他们家，喝酒，抽烟，睡觉，大把花钱，不教二女登台，天天在他鸦片烟盘子前面，陪伴着他说笑玩闹，这怎么躲得开？最末一着是告状，杨老板倒可以溜出去，上官厅递呈子。王洛五本来嫌他碍眼，天天催他上后台照料去，不喜欢他在家里。如此，杨老板很有机会告状去了，可是他还害怕一层。绥化厅距离十三道岗很远，近处倒有经历衙门，无奈"衙门口向南开，有理没理拿钱来"。更无奈经历老爷听说跟王洛五换帖，这话是王洛五亲口说的，或者靠不住；但跟别人也打听过，王洛五敢这么横行霸道，好像骨子里必有点来头。若不是跟官面有交往，何以这么有恃无恐？那么，光棍斗富不斗势，唱戏的在前清是下九流，状子也似乎告不得了！

杨老板的顾忌特别的多，左不行，右不可，致令他的后台谋士，人人咧嘴干瞪眼，头一个惹得他的丑军师嚷道："哎呀呀，拼也拼不得，告也告不得，躲又躲不得，这便如何是好哇！"缩脖子躲开了。唱武生的赛活猴更气得："呀呀呸！老板，你只好当杨雄外带潘老丈吧！"唱老生的马金声只求晦气不落在自己头上（他还有个年轻媳妇儿呢），一任班主伤心掉泪要主意，他只有吸凉，不敢言语。

一晃又半个多月，在十三道岗的戏唱完，该着拆台往别处唱去了。王洛五还是照常留宿在他家，一个女儿，一个外甥女儿，都算是养嗓子，不登台，现在到了"善离"或"凶终"的最后关口了。杨老板憋又憋，想了又想，想出一套软央求的话，请王五爷放他爷们走。

王五爷躺在烟盘子前，眼珠翻了翻杨老板，说道："我知道你的戏唱完了，你要走，走你的吧，至于你的两个闺女……"呼呼地吸了一阵烟，欠身坐起来，拿着烟枪，比比画画说出两条路，教杨老板挑选走一条道，要多少钱，给多少钱："你的两个女儿，我全留下了。着你两个女孩子抛头露面，在外面现世，何必呢？你索性跟我好了，你就是我的老丈人了。"又道："赶明天，你听我的话。"

第二天，杨班主又央告，王洛五立刻从身上掏出一叠钱票，说道："戏一打住，我早就替你打算好了。我看你的意思，大概是不愿把女儿卖给我。那么你一定愿走第二条道了。人生在世，不过吃和穿。你两口子没有儿子，谁教你两闺女都跟我睡了呢，我就养你的老。你不用领班唱戏了，把他们全打发走了吧。你在我这里一待，净剩了装老太爷，够多美？你的女儿就算是我的两房太太了。"一面说，一面点票子，立催杨老板，走到锅伙，把整个戏班解散，钱倒确实出得不少，可惜全是本地出的土票，点完票子，交给杨老板，说道："你们戏班子里一共不过二三十人，这足够打发他们还乡的了。你只把人遣走，戏箱子、行头可以移到我的店里去，暂且算是寄放在我那里。等着有了工夫，我给你买十几个孩子，你给我打一科班，咱爷们算是另开了一个科班，往后可以长远在咱们这里唱。"说完，立催杨老板去办。

杨老板还想央求，王洛五竖起眼珠子来，这就够怕人，同时他又把身上带的手枪掏出来，比画起来。杨老板好像是软柿子，被王洛五捏惯，再拾不起个儿来。苦丧着脸，携了钱，谨遵王命，溜到戏班。

戏伶锅伙内，没了戏唱，一群伶人正在赌钱。杨老板把解散戏班的话一说，登时群伶哗然。有一人说："老板真要洗手不干，当外老太爷么？那么着，也好，可是我们哥几个千里迢迢被您撮

49

弄来，请神容易退神难，您给的这两手，不够我们回老家的，真个要教我们困在关外，做个外丧鬼么？您也替我们想想！"又有一人说："杨老板要洗手，各人有各人的打算，我们不敢管。咱们这么办，您把全套戏箱行头，借给我们；我们二十几人可以另推班主，上别处唱戏混饭，您别半道上搁车，饿死我们。"唱武生的赛活猴更是大发脾气，直走到杨老板面前，指鼻子问："你解散本班，是出情愿，还是受别人架弄？"杨老板几乎落泪，向群伶说了实话，意思是："我也情出无奈。这钱实是王洛五拿出来的，是他教我这么办。"丑军师道："好哇，原来如此，果然如此，我请问班主，王洛五他是狼，他是虎？是您亲老子，还是你写了死字的师父？"二十多人七言八语，乱七八糟，齐向杨老板责难。唱老生的马金声，拦住众人，向杨老板说："您的疑难，我们全明白，咱们也不必细说了。干脆吧，您要解散这班，也成，散伙就散伙，可别砸碎我们大家的饭锅。您无论如何，也得把全份戏箱全副行头借给我们。这份戏箱，本来不能算是您一个人的，这里头还有我姓马的和谢三爷的股份。你收了王洛五的钱，要送给他也罢，卖给他也罢，您总得把我们的股子退出来。"

杨老板势到如今，倒不是利令智昏，竟是人已吓破胆，居然一筹莫展了。又经过七言八语的争吵，杨老板垂头丧气走回去，不敢向王洛五实话实说，只讲解散费太少，还差多一半呢。王洛五诧异笑道："散伙的买卖，给他们一人一百吊钱，还少吗？他们打算要多少？"杨老板低头嗫嚅半响，方说："那份戏箱乃是自己和马金声几个人共同凑钱购置的，不能由自己随便留下，他们托我传达，您若是要用，再赏给他们一点钱。"王洛五道："哦，戏箱怎么不是你一个人的？你不是班主？马先生不是你外邀的角儿么？"杨老板又说："只因欠他们几个人的包银，故此把戏箱

50

押给他们了。"王洛五问押了多少钱？回答说："欠的包银很多，押的钱也没有准数，您只再换给他们……"说至此又迟疑不敢说下去，王洛五又连声催问。他方才努力说出一个数目：两千两纹银。

这两千两纹银才说出口，王洛五登时眉毛一挑，眼珠一转，嘻嘻地冷笑了几声。半晌才说："不多，很不算多。"又半晌重问道："刚才我拿给你的那笔遣散费呢？他们收下了没有？"回答道："没收，他们还等我的下文呢。"王洛五道："没给很好，索性我一律拆给他们银子吧，你把票子给我。"

杨老板依言，把票子掏出来，送到王洛五手内。王洛五接到，点清是足数，突然变脸。冷笑道："他们的意思，是不教你把戏班停办，他们想霸占你的戏箱。哈哈，几个臭伶人真敢在我们十三道岗子叫字号，他们大概不知道我王洛五是谁。杨头，你这就回去，告诉他们说，钱，我是分文不添，不但不添，连这个也不给了，戏箱我是要留下。你再告诉他们说，说是我说的，教他们给我赶快滚蛋！"立催杨老板重返戏班锅伙去说，他自己也气哼哼的，离开杨老板的寓所，径返阎王店。戏班中的人正恃人多，七言八语地批评班主怯懦，怒骂王洛五豪横，唱武生的赛活猴尤其愤恨，因为他早与杨玉环眉目通情，心心相印了；只无奈杨老板夫妻，方以嫡生女儿做钱树子，不肯放手遣嫁，而现在蓦地跳出一个王洛五来，先行而后其言从之，把二女全弄到手里。赛活猴这一气，非同小可，不过他只是个唱戏的罢了，无钱无势，无奈王洛五何。只可借着这散戏班之事，力主收回戏箱。

正在这时杨老板喘吁吁空手奔来，报告说："王五爷变了脸，戏箱也不准给，钱也收回。"这句话如同投了一个惊雷，全班伶人一齐狂怒："那不行，欺压人可不行，我们二十多人，跟他拼了。"正吵作一团，突然间一阵马蹄声，包围了锅伙。丑军师探头往外一看，王洛五还没露面，他的党羽已然调动了三四十匹马贼似的壮汉，带火器，持木棍，立逼群伶滚出十三道岗，片刻不准逗留。

赛活猴领着头，稍一支吾，老大木棒，打破猴头，别的伶人，唱武旦的，唱老生的，唱花脸的，个个挨了打，把行李卷也被掷出锅伙。马金声两口子，也照样被赶逐出来。于是，二十多个伶人，当天被赶出数十里以外，只剩本身行囊，另外没得分文钱，戏箱全份，一直搭到王洛五店内，杨老板也摸不着边。同时，杨老板借的三间房那边，也来了一小队骑马的人，一色紫骝马；人人有武器，王洛五亲自出马，见了杨老板之妻，口说"接家眷"，把杨氏双环一齐接进阎王店。另开小跨院，略事铺陈，二女伶从此成了阎王外宅，杨老板之妻硬给迁到别处，也给预备了三间房。然后，王洛五找到痛哭失声的杨老板，装着笑说："我把他们打发走，你跟着我过吧，我养你的老。你老两口子，从此不愁吃，不愁喝，愿意给我帮忙，你就到我开的赌局内帮忙。不愿意做事，你就守着你老婆子，也是一个乐。"竟这么蛮来硬干，把事情做了。

王洛五外面做得十分豪强，暗中却也布置得很周密。那一伙伶人，他已阴遣党羽，秘密跟缀着，直跟出数百里，眼看他们分散了，又隔过两个月，方才停止监视。至于杨玉环、杨金环这两个女孩子，他拿出不测之威，和十分的宠爱来，双管齐下的羁縻着，摆布玩弄着。还有杨老板夫妻，他已然把握在自己掌内，自料两个"窝囊废"决逃不出手心。他一往豪强之气，自谓绝无问题，却不料外面放走了一个赛活猴，也算是一个情敌在内呢。杨金环那女孩子岁数太小，不堪强暴，失身三四个月后，便日见黄瘦，得了不治之症。好好一朵花，横遭摧折，终于被王洛五折磨病了。

光阴如箭，过了一年，杨老板之妻忽然病死。杨老板便成了老鳏，孤影吊独，十分悲惨；杨玉环又把妹妹病床不起的话，对父亲说了，杨班主愈加伤心。王洛五居然拿出半子之份的派头，力慰老丈："别难过，我给你再娶一个老伴。"杨老板要把亡妻送回原籍安葬，王洛五说："好的，我给你张罗。"于是撒帖打网，弄来一大笔钱。杨老板要自己运灵柩，就便回老家看看去。王洛五说："也可以。"于是乎雇了一辆大车，装上灵柩，杨老板也坐上去，一径出了十三道岗，奔杨老板的家乡走去。万不料，这一来，虽不是纵虎归山，到底落到捕鼠松把，遭了意外的反噬。杨老板在半路上，遇见了那个唱武生的赛活猴。

赛活猴本与杨玉环眉来眼去，有啮臂之盟；王洛五强逐戏班群伶时，又曾经支使人，把赛活猴打得头破血流。在当时，王洛五人多势众，赛活猴区区一个唱戏的下九流，当然惹不起十三道岗的土豪。独怪王洛五做得太狠，把群伶逐出境，分文没有给；一二守本分的伶人，手有余资，还能设法改业糊口。像赛活猴一流人物，平素纵赌贪玩，透支包银，拖了一身债，一旦被逐，登时两手空空，沦为乞丐一般了。幸得塞外地广人稀，人工很贵，赛活猴仗着年轻有力，会赶大车，投入一家炭厂做工。心中痛恨王洛五，又惹不起。可是当日之仇，始终未忘。这一天，恰巧赛活猴赶着一辆大车，和杨老板相遇，立刻叫了一声老板。两个人都改了模样了，虽仅别一两年，杨老板已见衰老，满脸悲郁；赛活猴又黑又瘦，非常憔悴。赛活猴看见车上的棺材，忙问死的是谁，又问老板是否逃出王洛五的手心。杨老板看着车夫，略微有一点顾忌；赛活猴到底不死心，意驱车改途，跟随杨老板落在一个店里，沽酒叫菜，屏人诘问。

杨老板一腔悲恨，喝了几杯酒，不觉尽情倾吐实话。王洛五把他女儿当了外宅，他的妻子生生窝囊死的。自己的戏箱，被王洛五弄到他那店内，悍不发还，自己好好一个戏班，教王洛五硬给拆了。现在王洛五对待自己，还和从前一样，有时拿自己当长亲岳父看待，有时就把自己看作龟奴毛伙也似。说着，哭道："我准是哪辈子该了他的，这辈子教他啃上了，竟摆脱不开。"

赛活猴又问杨玉环、杨金环二人，是否愿意嫁王洛五，王洛五待她二人怎样？杨老板说："杨金环只有畏惧，被他害得面黄肌瘦，杨玉环还能恃宠相抗。"叫着赛活猴的名字道："你想，她们俩不过是小孩子，王洛五却是三十多岁的壮汉子，她们俩孩子实在是情出无奈，唯恐王洛五毁害我两口子，俩孩子这才舍身嫁给他，她俩怎会愿意呢？"

赛活猴又钉问："譬如我帮着你老打官司，过堂的时候，你能保得住玉环、金环的口供向着你么？"杨老板蹙然道："这个，我倒保得住。不过，听说现在的经历老爷，乃是王洛五的把兄弟，我们告不倒他呀！"赛活猴嗤道："经历是把兄弟？听谁说的？"答说："他亲口对我说的。"赛活猴道："他亲口对你说的，你就信了？现在绥化厅的通判文贵是我的表兄弟，比他这把兄弟更气势。你只管告状，我给你仗腰子。"杨老板苦丧着脸道："你别拿我开心了，我现在又死老婆，丢了闺女，外甥女又病倒，火火爆爆一个戏班，弄得光杆一个人，你还冲我说笑话！"赛活猴看杨老板这怯懦的情状，实在忍不住，向地下啐道："怎么说笑话，哪个王八蛋说笑话！你不是怕势力么！他有经历把兄弟，我有通判表兄弟势力更大，你还怕什么？"

杨老板还是灰心丧气地说："他真跟经历有交情。"赛活猴道："我也实跟通判有面子！我的杨老板，你怎么教王洛五拿服到这步田地了？他吹气冒泡，空口一说，你真个就信。我也曾吹气冒泡，空口一说，你怎么又不信了？他亲口对你说的，我也是亲口对你说的呀！走，我领着你去，找我们老表去，告他一状，管保你有赢没输，把你女儿，你外甥女，你的戏箱全得还你，再治王洛五一个霸占的罪名。"

杨老板沉吟不语，赛活猴又狠狠将了几句。半晌，杨老板抬头道："到底绥化城通判那里，好递状子么？真个的，你有路没有？"

赛活猴知道班主胆小如鼠，只得扯谎说："怎么没门路？如若不然，我就敢撺撮你了？我当年在北京搭班的时候，就侍候过这位文老爷，他是最爱听我的百水滩十一郎，他最是好脾气，赏过我好多两银子，还有文老爷现在的稿案门上，早先我们也有个认识，我们在一桌上吃过饭。老板，你放心，这官司准赢，咱们又有理，又有人，怕什么？只要您的两个女孩子，上堂对口供的时候，不向着王洛五，十告十个赢，十告九个准。到底你的女儿教王洛五拿服住了没有？她若是顺到他那一头，官司可就不好打了。可是您的戏箱是教他霸占了去，您的戏班也是教他搅散的，就打不回人来，也打得回东西来。现在咱们班里的人，还有好几个流落在此地，这都是证人，我可以把他们掏寻出来。"又道："现在听说只有马金声两口子已然进了关，回老家种地去了，别位十有九个，困在这里卖苦力气，苟延残喘，一个个把王洛五恨到骨髓里去，恨不得生吃了他。只要老板出头一告，您赌好吧，他们全愿意联名具状子，上堂，别说是做证了。"又提到十三道岗一带的商户绅董，和王洛五结怨的很多，早想下手毁了他，只一时没人出头罢了。老板只要把状子一递，他们十三道岗的老乡，管保有人出来跟着打死老虎，这就叫墙倒众人推，现在全看老板这头一炮了。

赛活猴说得热刺刺的，直怂恿了一整天两通夜，渐渐把杨班主说得挂了火气。赛活猴索性把炭厂的事情交代了，即日陪伴杨老板，回乡葬妻。等到把杨班主之妻草草入土，赛活猴立刻伴同杨班主，折回十三道岗附近。赛活猴出了不少阴谋暗算的计划，然后架弄杨老板，直赴绥化厅，觅状师，写呈子，"击鼓鸣冤"。临办时，又暗暗通知玉环、金环，透了一点意思。果然二女心恨王洛五，愿意跳出火坑。

赛活猴把杨老板领到一个吃荤饭的秀才那里，前情后话都据实说了，就请代拿主意，起草呈状。这秀才又补问了一些话，扪着还没有生髭的嘴唇，沉吟道："这官司不大好打，太搁得冷了，当时为什么不早告？并且令爱跟被告姘居，已够一年以上，这个事情，唉……我想，倒还有一个做法，不过，得找通关节。你阁下要知道，如今的年月，光有理不行，还得有钱，有钱才好说话。有钱才有理，你明白吗？"说罢，眼盯杨老板，又把眼光渡到赛活猴脸上。赛活猴忙说："先生多费心，这是一件仗义行好的事，我们杨老板说了，只要把两个女儿争出来，戏箱要出来，一定要重酬先生的。"

写状秀才名叫马子兰，笑了笑道："那个自然，那是一定的了。不过这两天，在下正忙，还没有工夫办这件案子。黑龙江王寡妇那十八垧地，就是我在下主持着的。不过，彼此全是朋友，既然找了我来，足见看得起我，我不能不识抬举。"把赛活猴叫到一边，低声附耳，叽咕了半晌。赛活猴说了好些好话。先是皱眉，后又赔笑，末后教杨老板先出五两银子的笔资，说是第二天取银子。杨老板和赛活猴道了费心，出了秀才大门，回转店房。

赛活猴有些暗中着急，想不到请讼师竟这么贵，打官司竟这样难打。实话不好告诉杨老板，自己默打主意，教杨老板在店中候他，他独自出来，要设法摸到厅衙门，撞木钟似的，要寻一个熟人，略通关节。

赛活猴对于文通判左右的人，一个也不认识，现在他是惊急了，硬碰运气。事有凑巧，他在衙门口打幌，头一个人便遇见了护宅武师张玉峰，及其师弟吴宝华。这两位武师是晚饭后出来闲逛，劈头遇上赛活猴这个伶人。既不似关外人，也不似良民，头顶剃去一块勒水纱的月亮门，气象雄赳赳，面露犹疑，只在衙门前边徘徊。吴宝华认为形迹可疑，上前吆喝一声，要加盘诘。赛活猴吓了一跳，回身要溜，又扭回头望了一眼。

张武师忽然认出他是伶人来，就叫住他，问道："你不是上年在绥化城，唱野台戏的赛活猴么？"赛活猴忙应道："我就是赛活猴，唱梆子的，老爷您贵姓？"张武师道："我姓张。"赛活猴道："您不是在衙门里当差的张玉峰老爷吗？"张武师道："不错是我，你怎么认得我？"赛活猴满脸堆欢，忙请了一个安，说道："那年小的在本城演戏，正棚上押大令的那位官，特点小的们唱百草山这出戏，就是小的装二郎神。那天不但那位老爷开赏，你老还特赏我二十吊钱，我不但感念您，认识您，不瞒您说，我这回还是专诚投奔您来的呢。"

又向吴宝华请安，叩问了姓名，还道："请二位老爷赏脸，到小的店里坐一会儿去吧，现在我们班主也来了，正要想求您二位老爷恩典呢。"

张玉峰武师看见赛活猴雄赳赳的体格，却是很卑屈的谈话，有点羞与为伍的意思。禁不住这赛活猴好容易在衙门口，找得了两位熟人，既可在班主面前吹牛腿，又且打官司告状，幸获门径，当下左一安，右一安，坚求二位武师赏光。张玉峰闲着没事，还以为他们整班伶人全来了呢，就对吴宝华说："师弟，走吧。既是他们班主邀咱们，咱们就去看看。他们班里还有两个小女孩子，唱得很不坏，咱们点两出清唱。"赛活猴忙道："您要听杨玉环、金环的清唱，那好极了，我们老板一定叫她俩侍候您。"于是好让歹让，把二位武师陪到他们的店内。

两位武师来到店房，赛活猴窜前跃后的招待，先给斟上两杯茶，随把老班主扯到一边，自己表了一回功，说："这两位老爷都是厅官老爷的亲信人，跟我早先认识；我们打官司，有了门路了。"极口形容了一阵，教杨班主好好拜见去。杨班主天生怯官，听说来的既是老爷，当然很有势力，不论多阔的绅商土豪，没有不怕官面的；这官司不用打，准可看赢。这样想着，喜欢得心直跳；向赛活猴又问了几句，忙穿上长衫，竭诚致敬，给二位武师请了安，也斟了茶，又敬旱烟、水烟。然而拿出下九流艺人的派头，请二位武师上坐，自己垂手而立，侍候在旁边，太恭敬了，倒把随便惯了的二位武师闹得迷迷糊糊，不知何故。张玉峰先问道："你就是杨老板么？你们那戏班呢？怎么这店里就只你们二位？"杨班主哼了一声，伸伸脖颈，刚要说话；赛活猴人分外透机灵，抢先说道："二位老爷，我们的戏班随后就到，是我们两个人先到贵宝地，投拜官厅和绅董来的。是的，我们的戏班这就到。"吴宝华一听全班没到，又看了看店房，好像杨氏双环也不会在此，就觉着索然寡味，不打算久坐了。他站起身要走，说道："等着你们班子全来到了，再照顾你们吧。张大哥，咱们走。"张玉峰笑道："宝华，你忙什么？我说赛老板，现在我哥们没工夫搅你，等你哪天张罗出演，我们再来捧场。现在请便吧，你不必客气。"也就站起来，打算走。

赛活猴慌忙横身拦住："老爷别走，您您您听，小的有下情。不瞒二位老爷，我们的戏班本来这两天可到，无奈教一位恶霸恃仗势力，硬给扣下了，连人带东西，全套戏箱，只跑出来我和我们老板两个人。没有别的说的，谁教小人认识二位老爷来呢，务必恳求二位恩典，想个法子，央求央求厅老爷，把我们的人和戏箱讨出来，小人和小人的班主至死，也忘不了您二位的好处。"说着二人双双请安。张玉峰武师觉得这话很突兀，问道："这怎么讲？在什么地方扣的？谁扣的？你们怎么惹着他了？他是个干什么的？"赛活猴和杨老板互递眼色，低声私议："你先说？我先说？"杨老板仍是怯官，叫赛活猴："你说吧。"

赛活猴咳了一声，咽一咽唾沫，把王洛五擅扣戏箱，强逐群伶一案，原原本本说出来。

二武师听了，说道："王洛五这名字好耳熟，他就敢扣你们的行头，你们竟这么老老实实教他扣么？"吴宝华说："你们不会跟他打架么？"赛活猴赔笑道："老爷您圣明，您想强龙不压地头蛇，小的们不过是一帮唱戏的，怎敢和当地绅董打架？这王洛五在十三道岗子，开着阎王店，不管住不住，一天二百钱，过往客人都惹不起他，小人们生几个脑袋，敢跟他碰？他有上百号的党羽打手呢，不瞒二位老爷，他还抢男霸女，白昼杀人。……厉害极了，这只有求二位老爷给小的们做主，我们打算告他，无奈厅衙门又没有门路。现在好了，遇上二位老爷，我们就是遇上贵人了。二位老爷务必开恩，帮小人这一把吧。"赛活猴说着一弯腰，要深深请安，杨班主以为他要磕头，自己连忙羊羔吃乳，扑登登跪下了。杨班主既然跪求，赛活猴只好协同一致，顺坡而下，跟着跪下了。

二位武师大惊，连说："这是怎的？这是怎的？"张玉峰道：

"王洛五扣下你的东西，你只管写状子告他，有什么可怕的？为什么给我们哥俩磕头呢？"杨班主作哭声道："二位老爷您不知道，这王洛五王五爷太厉害了，动不动开枪就打人。您只当他把我的戏箱扣下了，您还不知道他把我的一个女儿、一个外甥女儿也给……也给……"蓦地红了脸，说不出口。赛活猴替他接说道："也给霸占了！"

两位武师十分惊异，说道："有这种事，是真的吗？从多咱霸占的？"杨老板满面通红的，正要实说霸占二女的实情，赛活猴忙插言道："小人们绝不敢欺瞒二位老爷。我们班主为人太老实，甘受其气，他的令爱教王洛五霸占一年多了。是我们哥几个太看不过，才公推出我来，帮着我们班主告状。现在我们已经烦托马子兰马秀才，代写呈文。我们打算一两天就往上递，不过如今的年头，尽写状纸打官司，怕不中用，总得挖个门路才行。是小人想起二位老爷来，刚才我到衙门口去，原本就是要求见二位老爷，不想您先问下来了。这也是我们班主该遇贵人，这没有说的，二位给做主吧。只要官司打赢了，二位积的德可就大了，我们杨班主一辈子也忘不了二位的好处。"说完又是请安，又是打躬；杨老板也期期艾艾地说感谢的话，也是不住请安下拜。

两位武师全是关里人，从来没遇见这样事，当时听了，颇以为怪。教两伶坐下，沉住了气，详详细细地述说前后原委。二伶口述前情，语极烦碎而不扼要。问了好半晌，方才明白。二武师全是热肠汉子，不等坚求，慨允援手，遂对杨班主说："你们还是先把状子写好了，暂且不用递，先给我们拿来，看一看，我再替你带到稿案门上去。"赛活猴忽然灵机一动，就说道："我们本来是求马秀才代写呈子的，得了，一宾不烦二主，现在一包总，就求二位老爷费心吧。"转向杨老板说："咱们索性就烦张老爷、吴老爷，转托马秀才，把呈文写好着点。"两伶说着，就请二武师一同去找马子兰。

二武师少年喜事，笑了笑答应了。那马子兰秀才，常常走动官府，倒也认识张玉峰。一见四人偕来，马子兰就笑笑说："杨老板恭喜呀，你们的官司，有张老爷、吴老爷帮忙，这就好办多了。"张玉峰道："马二爷，这还得烦你大笔一挥，我看杨老板人很老实，也太可怜了，你多费心吧，给写好着点。"由于两位武师到场，马子兰立刻动笔，立刻就将状子缮好，又教给杨老板一套话，预备过堂时好答对官府。当下杨老板谢过了笔资，站起要走。马子兰说道："这呈文你们自己递么？"赛活猴道："我们就烦二位爷代递。"马子兰沉吟道："那么着，也好，我就不用管了。"张玉峰笑道："马二爷不要误会，状子我可以替他递一递，为的是好快一点。至于别的事，该怎样，还是照老例，就怎样。马二爷，你别脱心事。"马子兰这才笑了。四个人出了刀笔之门，赛活猴立刻请二武师下小馆，托了又托，说了许多感情的话，把呈子交给张武师。果然官中有人好办事，不出三天，挂牌听审。

因为呈词写得很厉害，霸占强奸少女的罪状实在重大，况且又有霸产的罪，二武师又秘密将案情禀报过了，通判文贵竟亲自升堂，传讯原告。赛活猴窜前窜后地帮忙，到了这时，却上不去公堂，只能蹲在衙门口以外，抓耳搔腮听候风声。原告杨老板被官役脚不沾地传上来，昏头涨脑跪在大堂之上。文通判高踞大堂，把案情册子一看，问道："你叫杨韻笙么？"杨班主供道："给老爷回，小的是杨韻笙。"问："多大年纪？"答："四十九岁。""哪里人？"答："直录省保定府儿①的。""做什么？"回答：

① 保定口音，儿话音重，故用"保定府儿"。

"唱戏为业。""为何事告状？"回答："为了十三道岗子开阎王店的王洛五，他霸占了小人的女儿、外甥女儿和小人的全份戏箱，小人的妻子因此生生被他吓死了。小人要不然，还不敢告他，因为他还要小人的命，小人没法子，才告他，所供是实。"又问："你女儿真是被王洛五霸占了么？不许捏词妄控。"回答："小人的女儿实在被王洛五霸占了，现在他还霸占着呢。老爷不信，请票传王洛五和小人的女儿和外甥女儿到案一问，就知小人所供是实。"

堂上沉吟一会儿，又问："你女儿被王洛五霸占多少日子了？"答："由打上年七月二十七，到现在，整一年零七个月了。小人的女儿和外甥女儿，屡次想逃出火坑，无奈被王洛五拘禁过严，逃不出来。小人的女儿屡次向小人哭诉，要求小人给她鸣冤。求老爷开恩，救小人父女三命！"

文通判又问："由打上年七月，到现在一年半有余了，为什么你不早告？可见你自己情愿将女儿卖给被告，现在又因勒索钱财不遂，又来与讼吗？一年半之久，你早干什么去了？"把惊木一拍，衙役齐喝堂威，在堂下偷听的二武师吓了一跳。再看杨老板，更吓得一缩脖，但是稍一愣神，应即答道："小人早想控告，无奈王洛五监视很严，起初霸占小人二女时，他强逼小人夫妻齐搬到他那阎王店里居住，明是拿小人当亲戚，暗中把小人扣起来了。现在小人本班的赛活猴为证，是他眼见王洛五拘小人的情形的。"堂上听了，说了一声："哦！"继续又问了一回，遂命下堂取保候传。状子是准了，所有堂讯之词，全是吃荤饭秀才马子兰教的答话，幸而堂上问的话，全平安答下来了。二武师齐向杨老板贺喜，杨老板就向二位武师道谢。于是，杨老板和赛活猴一径回店，等候被告传到，再行过堂对质。

第四章

闹赌坊计擒王洛五

过了数日，签下拘捕被告的传票来。杨老板、赛活猴一再向二武师说，王洛五必不肯束手受捕，他手下有好几十个党羽，又与红胡子通气。厅官老爷如要办他，千万得多派能手。二武师听了，也从外面打听了一些消息，确知二伶所言非假，忙乘便禀报了文通判。但是文通判也早对王洛五有所耳闻，因此，拘票一发，立刻把二武师叫到，命张玉峰为首，拨选能手，协助四班班头，一同办理此案。计共派定班头周万苍、小李太、李会庭、神枪余永堂等，共十余人，由张玉峰率领，许以便宜行事。

这件案子办得很机密，唯恐打草惊蛇，怕王洛五先期闻讯跑了，故此一切都在暗中布置。张玉峰武师，和班头周万苍等，化装潜伏十三道岗，先见了经历，递了公文，次即密访王洛五的劣迹（那个经历并未暗助着王洛五）。只几天工夫，已将王洛五从前所作所为、无法无天的事，都访实了。以后就该动手拘捕王洛五本人了。周万苍、张玉峰暗中商量，在这天高皇帝远的边荒塞外之地，明目张胆去逮捕他，他必要拒捕，甚至还要硬把官人诬为土匪。

张玉峰几个人得了当地经历的帮助，遂定下大伏窝、虎入穴的计策。这时王洛五正新接办了一座大赌局，牌宝全有，赌徒麇集，输赢很大，王洛五所得的头钱很丰。他天天泡在赌局，一来镇压搅局的人，二来交结过往的豪客，末后索性连他的爱妾也接到赌局去了。他天天在赌局吃喝玩乐，吸鸦片烟，看人豪赌，他自己也赌。

他的这个爱妾，已不是杨家二环了。杨家二环是他的小玩物，好比一对画眉鸟似的，生得玲珑小巧，唱得婉转动听罢了，其实两个小女孩子，除了给五爷开心以外没有旁的用项。王洛五这一个爱妾则不然，乃是附近村镇的一个女光棍，有名的烂桃子王三巧。说起来和王洛五乃是同姓，同姓不该通婚，王洛五不懂那一套，什么叫五百年前一个祖宗，就算五十年前是一个祖宗，他看着女人好，女人看着他好，那就该姘，往一块姘好了。于是王洛五和王三巧，一个草野英雄，一个草野英雌，不待父母之命，不用媒妁之言，眉来眼去，一来二去，情投意合，就"天作之合"了。

这个王三巧，外间传说她翻穿过四条白裙，她的新死的这个丈夫，据说因她靠人，含怒去捉奸，被她唆使姘夫给打伤要害，糊糊涂涂做武大郎而一痛逝世的。但新死的这个丈夫，原本也是耍胳臂根的混混，死了不白死，有他的口盟弟兄声言要替友报仇，做一个拼命三郎石秀，或打虎的行者武松。

王三巧不怕这一套，偏偏她新靠上的奸夫，却是个色厉而内荏的假光棍。听说对头天天磨小刀子，摆弄小六转，他便吓得不肯再幽会了，口头上却对众扬言："王三巧这个臭婊子一点人心也没有，天生是祸水。大丈夫不能受女色的魔害，要拾得起，放得下，才算光棍。别看我把她汉子搬倒，我也不要她了。你们想，她跟她男人翻脸无情，她跟我早晚脱过了新鲜劲，不也一样么?"倒好像这人大彻大悟了似的,骨子里他却是害怕,索性远走高飞,把王三巧孤零零抛下了。

王三巧大骂大闹,而且大找之下,这件事传到王洛五耳内,他不由一笑,说道:"什么王三巧,她会迷惑四五个汉子,我倒要领教领教。"于是王洛五骑了一匹马,带了他的百发百中的手枪,一径去找王三巧。王三巧水性杨花,正在追寻姘夫;见了雄赳赳、气昂昂的王洛五,是这么人高马大,悍勇可畏;于是乎一拍即合,二人开始姘度。只半个月,居然没坐花轿,只坐了草上飞大轱辘车,算是嫁给王洛五了。两个人情投意合,尤其这女人也是双枪将,和王洛五一样,躺在土炕上,便拿起鸦片烟枪;骑上大马,便放得了手枪。以此特别技能,遂擅专房之宠。王洛五天天在赌局混,所以把王三巧接在赌局里住。一来是新鲜劲,离不开;二来烧鸦片烟,躺烟灯,二人有同好,一灯双管,正是人间的艳福;三来擦手枪,弄火器,二人是同道,正好王三巧成了王洛五的贤内助。有如此等等的情形,王洛五手下狐群狗党,莫不啧啧称赞"五爷有福"。

这王三巧真是个尤物,她情实已是三十多岁的人了,又有烟瘾,花容当老,偏偏生得纤足、粉面、细腰,十分妖娆。若不然,怎能凭一个半老徐娘,会把杨氏双环压下一头!便是王洛五的正妻、旁妾,以及其他乱七糟八的姘妇,到此时也都被这新宠挤到冷宫。最可怜的还是杨玉环、杨金环,自被霸占,曾几何时,已然被丢在脑后,这近半年的情形更加不好了。唯其如此,杨老板的讼事才能一控而胜。若是杨老板早告半年,那杨玉环、杨金环说不定认了命,抱定嫁狗随狗、嫁鸡随鸡的古训,既已失身于人,也许将错就错,逆来顺受,以终晚节,三从四德,谁敢说错呢。

张玉峰武师、周万苍班头，一行共十二人，先到经历衙门投文报案，经历老爷披览公文，吃了一惊。因为来人是上差，命手下人陪着吃饭，细问过案情，便说："这王洛五在地方上，声气很不好，本衙门早已暗访过他的劣迹，正要究办他；现在果然有人在厅里告他了。你们几位办他的时候，务必要小心，这王洛五手底下很有些人，要慎防他拒捕，还要提防他潜逃。"经历老爷很替上差出了些主意。那公文上明明写着密拿要犯、全拘同党的话，口气很严厉，经历已然担着失察的处分，此刻唯恐走漏风声，跑了王洛五，未免自己的处分更大。因此之故，经历老爷特意拨了两个眼线，又调派四名干隶，一同协助办理本案。——王洛五在外扬言，经历老爷跟他有交情，他们的交情就是这样！

然后，张玉峰等分成三批，化装来到十三道岗。第一步，便是卧底；第二步，便是朝相。这两步办法是同时进行的，张玉峰以下诸人，由眼线暗中指引，一一和王洛五对了盘。跟着周万苍、小李太班头，挑选了几个捕快，年纪轻、脸生、胆气雄的，假装赌徒，设法和王洛五及其手下人接近，这几个假装的赌徒，面带草野豪莽之气，赌起钱来大输大赢，满不在意似的，以此引起了王洛五的注意，好像惺惺惜惜，好汉爱好汉，不到半个月，居然攀交，呼兄唤弟地亲热起来。又有几个办案的官人，假装收买和运贩军火的贩子，到阎王店落脚。那时胡匪纵横，颇有些不轨之徒，在滨江一带，批发来军火，运往边荒土匪出没之区，拿大价卖出去。红胡子得财容易，花钱自然慷慨，一支火器可卖大价，子弹、火药也很有好行情。那时候，"自来得"刚刚出现，价钱更是奇昂。办案的人竟带来一杆自来得、数排子弹，说是到十三道岗换金子来的。王洛五听见部下耳目报告，立刻要看货。假枪贩拿出两排子弹，给主顾看，说是"自来得"现货不在手头，您老若是要用，可以讲好价钱再看。王洛五志在必得，掏出数千现款，掷给假枪贩。假枪贩就把自来得和五排子弹全真卖给他了。可是王洛五心里很不痛快，认为卖枪的故意拿捏人，价太大了。那几千枪价，不应该教他拿走才对，可是这事情又关系着以后采买的信用，不能恃强硬抢硬赖。王洛五便支使出党羽来，引诱卖枪的人，到他新开的赌局，"拉八局"去。

拉八局，就是押宝。王洛五要做成圈套，把卖枪的贩子大价讹去的钱，由赌局上弄回来。那枪火贩当然非常好赌，只一勾引，便入了圈套。他们一伙四个人竟流连在阎王店，天天去赌。王洛五自幸得计，以为人家上了他的当，而不知他实上了人家的当。假枪贩和假赌徒本因人多，恐防王洛五看着扎眼，方才分为两批，慢慢地进身暗算他，如今倒一拍即合，联为一气了。而且两引三，三引两，越勾引越多，十二个官人都得混入王洛五的赌局。王洛五的赌局天天有十几个人，乃至几十个人，在那里豪赌。南来的，北往的，伏地的，过路的，此出彼入，人头异常复杂。王洛五不是没有戒心，却倚仗手下党羽多、耳目灵、势力厚，料到没人敢动他。近处的官厅，如经历老爷之流，月月受他的供奉，断不会办他；地方、牌头，更要趋奉他；他放心大胆地干，任什么风险也不怕。但是，他总是吃这个的，尽管放心大胆地干，就在寻常，他也是身不离枪，枪不离身，以防万一之变。他的手枪打得很好，可以说百发百中；他不拘白昼，不拘黑夜，总有一两支手枪带在身上。同党们曾劝过他："带这东西累累赘赘，五爷何必这样小心？"王洛五却笑说："咱们爷们干的就是这种行业，咱能暗算别人，别人不能暗算咱们么？有朝一日，来一个人找我来比武拔闯，我若不带枪，就许栽给他。我现在枪不离身，身不离枪，要想扳倒我充好汉的人，只怕他就不敢挨近我。"

67

这样看来，王洛五虽然大胆，不是没有戒备的。办案的这三位武师，和两位班头，跟王洛五朝相对盘之后，果然处心积虑算计的，就是王洛五身上这两支枪，只六七天工夫，便看见王洛五以打枪为戏，抬手一枪，击坠飞鸟。

周万苍、张玉峰秘密商量，擒猛虎得先拔去虎牙，捉王洛五须先弄掉他这杆手枪才好。不然的话，怕受他的反噬，而且罪状难得，口供未取。官人捕盗，必须擒活口，动起枪来，便会有死有亡。张玉峰又和师弟吴宝华、朱天雄密议，也发愁王洛五这杆枪。还有王洛五的党羽，在赌局出入的，总不下二三十人，多的时候，可到四五十个。办案的官人不过十二人，加上经历衙门暗中拨派来的帮手和眼线，不足二十人，统共还凑不到四十位。由绥化厅谙下拘捕，也许不敢拒捕，也许逼急了竟拒捕，谁敢料得准？倘真拒捕，这四十个人能不能押犯走出十三道岗？议来议去，定了诱捕之计，第一，先设法调开王洛五的党羽，第二，要解除王洛五的武装，第三，才可以动手。

张玉峰武师、周万苍班头，故意露锋芒，显出江湖豪气，和王洛五攀交，张玉峰、周万苍等人，与之结为弟兄。王洛五的戒心，也因此渐渐疏忽下来。于是到了五月上旬。

端午节即临，王洛五的党羽有的回家过节去了，赌局的人也减少，人们忙着过节。张玉峰、周万苍本来心焦，到了节关，心头一松，互相通告道："该着下手了，是时候了！"

到了端午，赌场摆上雄黄酒、黄米粽子，人数减少，赌局几乎不能成局了。小李太班头头等人，一进店叫道："王五爷，王五哥，过节好。刚才我到赌局找你，想不到你竟会在这里享福。王五爷，今天赌局怎的这样清静？"王洛五刚到这店账房，正倒在柜房，喷云吐雾，闻言睁眼说："他们都回家过节去了，我也是刚来，刚算完节账，妈巴子的，这一节差远了。老李，你也来弄一口。"小李太满脸堆欢道："请，请，五爷您自己请，我不能弄这玩意，吸一口就晕。我说，咱们哥俩也该乐一乐了。喂，咱们还是拉八局吧，那比什么都痛快。"王洛五道："你自己不会去么，那里有你五嫂子三巧在那里。"小李太把头摇得像拨浪鼓，说道："没有五哥在场太没劲。我们吴子英吴老弟，新近得了一笔外快，正要跟您决一死战，他喜欢推牌九。走，五爷，他们全等着你呢。"

正说着，周万苍也跑了来，进门就嚷："五弟，你跑在这里脱心净了，那不行，如今不是到了节下了么？我们五弟妹王三巧老早就要打一副纯金九连环，上回问过我。今天正好消停，咱们多抽点头，给五弟妹凑一副九连环吧。"门口又跑进一人道："给谁抽头？"王洛五抬头一看，是张玉峰武师。王洛五让座道："张二哥也来了，他们要给你五弟妹打金饰。"张玉峰笑道："好好，该打，该打。打几副？"周万苍道："打一副。"张玉峰道："怎么打一副？至少也得打四副。"小李太道："为什么打这些？"张玉峰笑道："四个人一个人带一副，不打四副，怎够？"几个人都笑了："对，对，打四副，王五爷艳福不浅，有四位大美人，谁能比得了。唐伯虎有十美图，五爷有四美图。"正说着，班头余永堂也来了，凑趣道："王五哥，你至少也该凑一桌，八美图，才够。如今还差一半呢。"小李太说："你别忙，我管保不出三年，五爷一定能凑一桌。"周万苍大笑拊掌道："赶到了五爷生日那天，来一个八仙上寿，吓，那可美透了，连盛京将军也没有五爷的福分大。盛京将军怕老婆，连半个小婆也没有。"

众人一齐恭谀，王洛五美得两只眼合成一条线，讲到归结，众人还是怂恿他回赌局。他呢，虽然听饱了四美图和八仙上寿，可是他心上仍然气闷闷的。缘因他最近几日，忽听一个官场朋友秘密告诉他说："绥化厅新近派出四班班头，到十三道岗一带办案来了。"而十三道岗一带最近并没有发生什么重案，王洛五推来倒去，不觉疑心到自己身上，莫非有人把我告了么？是谁呢？为哪一件事情？他昨天已经托人到经历衙门刺探。经历老爷和文案师爷说，那是谣言，如果厅里有人出来办案，必要到经历衙门投文，可是本衙门并没有接到公文，足见这是谣传瞎话了。

王洛五的朋友回来告诉了王洛五，又说已经转托经历老爷，倘有风声草动，千万费心关照。经历老爷和师爷全答应了。王洛五有点放心，还是不很放心。想了想，特把本节节礼，加一倍送上去。这一回经历老爷竟未收，措辞很客气，却到底不肯收，所以令人不放心，这是与往年各节不同的；王洛五又将礼物加厚了两倍，派一能言善道的手下，第二番再去送礼。这一回经历老爷竟派他的舅老爷，对来人说了私语，经历和五爷的交情不在这一点上，请五爷不要误会嫌轻，实在因为经历现在正买了两坰荒地，内中颇有些波折，正要借重五爷的力量给了结，他还要亲去拜托五爷呢，怎能再收重礼？只要经历面托的时候，五爷不推托，就感情不尽了。很说了一些客气话，并重赏来人，把礼物又原封打退回来了。

王洛五为此心上不舒服："到底经历这一节为什么不收礼呢？"翻来覆去推测，测不出所以然来。要说经历将有重托之事，故此拒收重礼，总觉情理上说不通。王洛五的一个谋士翻了半晌眼珠子，断定："经历老爷将有大竹杠在后头，故此暂时不吃零食。"别的人也这样说："什么买地有波折？简直教王五爷垫钱罢了。"王洛五将信将疑，只得丢在一边。可是他心上总有些委决不下——这件疑云就陪伴着王洛五过了一个端午节。

端午节过午以后，张玉峰、吴宝华、朱天雄三位武师，周万苍、李太和、小李太、李会庭、余永堂五位捕快，错落来到王洛五的赌坊，言明要赌大钱，给五嫂子王三巧打首饰。另外四个捕快，和经历衙门派来的助手，就潜伺在赌坊左右。经历衙门内一个隶役，和当地牌头，假装来拜节，进了赌局。还有伶人赛活猴，和由绥化城来的一个眼线，就化装溷到阎王店附近，设法和杨玉环、杨金环见了一面。店房出入人多，竟没机会过话，只递了一些手势和眼色；杨氏双环并不很明白，只以为赛活猴混穷了，来叙旧情求助。杨玉环居然念旧，摘头上首饰，并荷包内两锭小银锞，远远丢给赛活猴。

　　此时的杨氏双环已然失宠，住在阎王店后边小跨院内，一天吃两顿闲饭，除了王洛五偶然高兴，叫二女来唱一段，平时早已不到她屋了。二女本是艺人，到了这步田地，俨如拘处牢笼，深感无聊，心生幽恨。天天饱食无事，睡午觉，站门口，怅闷愁烦；杨金环的病渐见轻了。此时和赛活猴见面，杨玉环又勾想当年卖艺时跋涉风尘的旧情景。那时的生涯，纵然劳瘁，却见天日，有自由之乐，无幽禁之苦，对赛活猴不禁生了异样的感情，很想与他一叙，又惧怕王洛五。杨金环年纪小，胆小，杨玉环却比较刁钻，把王洛五打给她的首饰，摘给赛活猴，实在有点泄愤的意思。她再也想不到赛活猴不是来求帮，是救她两个来了。

　　但是赛活猴也误会了二女的意思，二女掷金无吝，本为泄愤，为矜旧，赛活猴却以为杨玉环跟他又"有意思"了。他竟着了魔，冒着危险恋恋不走，要把自己架弄杨老板告状喊冤的话多少说一说，一来诉旧情，二来表大功。二女动容色变，比比画画催赛活猴走："若教他看见，可了不得！"赛活猴冷笑："怕什么？咱们旧同行，你也算是我的少女东，跟你说两句话，还犯歹么？

71

你们不要怕阎王，阎王遇上我这小鬼，哼，你往后瞧吧，教他吃不了，兜着走!"麻烦了半晌，一定要把心腹话诉诉，二女仍是胆怯。见赛活猴得了首饰还不走，杨金环催道:"你快走吧。姐姐，咱们进去吧，教他看见了。咱们就该挨打了。"竟丢下姐姐和赛活猴，先进了院门，迈进门槛，又催:"姐姐，快进来吧。"杨玉环也有些心慌，立刻跟进门内，扭头对赛活猴说:"你的话我不明白，你说你遇见我爹，你在哪里遇上的? 我爹不是回家葬我娘去了? 上厅里告状，是要告谁?"赛活猴道:"要告谁? 怎么我的话，大姑娘您一句也没听见吗? 实对你说，我不是来找你求帮，我是帮着老板，把王洛五告下来了。厅老爷是我的旧恩上，已经派下捕头，访拿王洛五来了。你听着点，不出十天，就要拿办他。我这是来给你通个信，将来上堂对证的时候，你可要预备好了，别答对错了，状子上告的是抢男霸女，强占戏箱。"

赛活猴的嘴像进豆似的一阵紧说，他其实也怕王洛五手下人碰着，却乍着胆，在二女面前逞英雄，恨不得把一腔话，三言两语道尽，越说得急，对方越不明白。杨玉环越催他走，他越要说，越说越乱。杨玉环仿佛若有所闻，忙说:"是了，是了，你快走吧，你快走吧!"……赛活猴还在唠叨，果然街头巷尾，有人重重咳了一声，杨玉环急急一挥手，进了院，闩上门。赛活猴方一徘徊，从那边走来一人，上去给赛活猴一个嘴巴，又踢了一脚，骂道:"小王八蛋，瞎了眼的奴才。你知道这是谁的公馆，你竟敢在这里强讨!"

这个人果然是王洛五手下一条走狗，把赛活猴当作强化缘的恶丐，痛殴起来。在巷角瞭望的那个眼线，见赛活猴挨打，眼看要被打急，忙过来，假装过路人，把两方劝开。赛活猴气得咬牙切齿，骂道:"王洛五，王洛五，太爷今天受你这顿打，等着吧，

72

咱们将来不加十倍奉还，算我不是人！"赛活猴骂骂咧咧，照预定地点走开去……这一回送密信，他本受着杨老板的暗嘱，叫他在事先千万给二女透一个信，没想到白挨了一顿踢打，信没有透明白。那一边，武师张玉峰、吴宝华，和班头周万苍、余永堂，却在赌局布好了阵势。

李会庭等几个人，凑在一处推牌九，张玉峰武师指名要王洛五坐庄，推牌九也可，拉八局也可。王洛五仍然是衣不解甲，身不离枪，躺在烟榻上，一路狂吸，心中仍是闷闷不悦。王三巧和他对躺着，给他烧烟，张玉峰武师就过来催他下场，他教王三巧替他上场。张玉峰笑说："这拉八局的事，怕五嫂子不行吧。五爷不忙，你先吸你的，我们这里先自己凑凑。"赌局中人立刻摆上牌宝，几个人呼么喝六地起来。赌局的人越凑越多，却都是一帮闲人。所有王洛五手下的人，大都回去过节，现在赌局的，不到七八个人。张武师和周万苍、李太和互施眼色，决定下手捕拿王洛五。于是，不容王洛五再吸鸦片烟，过来三两个人，硬劝王洛五下场豪赌。王洛五情不可却，烟瘾没过足，到底被这几个假装赌徒的官人，架弄到赌案上去。

赌了片刻，场中已有三十多人。屋子虽大，无奈人多拥挤，个个汗出如雨。那王洛五穿着绸衫，大赌起来。起初输赢尚小，他有点心不在焉，后来一掷千金似的，连赢了几笔大注，不禁鼓起兴来，也就把全副精神都搁在赌上。越赌越热，人人都满脸挥汗，屋里门窗大开，屋外也聚着人。王洛五面前，赢了许多现银和票子，堆得很高。旁人替他喝彩，齐夸五爷手气真壮。但有一节，天气尽管这么热，王洛五身上还是带着手枪。王洛五的尊宠王三巧，躺在赌案对面烟榻上，榻的左壁，还挂着两杆枪。

办案的人有一半假赌着，有一半装着看热闹。张玉峰武师假装输急，一怒下场不赌了，站在一旁骂点子，恰好就站在王洛五的左首。小李太本在另一桌上赌，也假说牌九没意思，凑到王洛五这边来，恰立在王洛五的右首。班头周万苍赌兴最豪，叫得最凶，骂骂咧咧，真好像输上火来，满头大汗，就到王洛五身边叫道："五哥，我又输光了，你再借给我一千吊。"王洛五道："你不会找账房支去？"周万苍道："不行，我要借借您的赌运，支柜上的钱，赢不了钱，我要从这一堆里借。"手一指王洛五赢的那些钱。王洛五笑道："那不行，我这是彩钱，借给你，我就该输了。"周万苍说："五爷还在乎这个？"假装笑脸似的，硬拿了王洛五六百吊钱，还是不肯走，站在王洛五背后，看王洛五赌，口中仍是唠叨："还是五爷，你手气怎么这样壮，我怎么就不行呢？"张玉峰抬头往四面一看，笑道："你能跟五爷比？五爷在赌局长大的，经得多，见得广，你差多了。"口中说着这些话，两只眼东张西望，递出好些眼色。周万苍也递过眼色。几个官人一齐相喻于无言，知道："现在是时候了！"

神枪余永堂首先倡言："他娘的，今天怎这样热，我恨不能连裤子都脱掉了。"对王洛五说："我可要无礼了。"一回手把汗衫脱了，光着膀子赌。这一来，别人也相效脱去短衫。这些赌徒一向衣冠不整，今天因为是过节，又是给王三巧抽头，把赌案摆在内室，有王三巧在场，所以众人拘着礼貌，直到此刻，才光起膀子来。这些豪客一光膀子，王洛五也就脱去了汗衫，露出了身上带的手枪。

王洛五的手枪一露，张玉峰、周万苍一行人的眼光，不约而同，偷偷瞥过来，眼角旁斜，又互相示意。王洛五身穿茧绸裤，光着肉满膘肥、武大山粗的上身，虬筋凸出在黑赤的巨臂上，显然威武有力。腰扎阔大的"腰里硬"百衲兜肚，手枪系黑缨，装

74

在皮匣内，垂在左臀下。兜肚鼓鼓囊囊，不知装的什么。王洛五赢得很多，心也痛快了，把全神倾注在赌上，这许多人不怀好意的眼风，他通通没留神。

王洛五的枪法，是官人们最怀戒心的。他如拒捕，定要拼命；而官人办案，却不能捉死犯，只能拿活的。张玉峰首先发言道："妈巴子的，真热！五哥，我可要对不起，我也要脱小褂了。"王洛五笑道："那有什么，我都脱了，谁教你们拘礼来？"张玉峰道："不是这话，五嫂子现在这里，我真不好意思。"王三巧正在烟榻呼呼地吸烟，吆了一声坐起来道："张爷，您这是怎么啦？我又碍着您哪里啦？你们哥几个给我捧场，我还教你们受热不成？我说诸位叔叔大伯们，哪位嫌热，趁早脱衣裳，别拘着我，我还要脱光膀子呢。"

张玉峰笑着解开短衫纽，只敞了怀，仍不肯全脱。吴宝华说："我不热，我不脱。"张玉峰笑道："你是年轻面嫩。"其余的人大半都脱了光膀子，兴高采烈地豪赌。

周万苍说道："咳，五爷，你怎么还累累赘赘，挂着这一串山里红啊！你说够多热！"张玉峰忙插言道："不是的，五哥，你那手枪也该摘下来了。还有那大兜肚，我不知您自己难受不，我瞧着就替您热得慌。"朱天雄道："还不快解下来？人说五哥胆大，我就不信，整年整月带着家伙，也太小心了。这十三道岗子乃是您的天下，谁还敢到您这里，拔老虎胡子不成？"王洛五笑道："我是带惯了。不带这东西，心上就好像短点什么。"赌场十几个人齐说："摘下来吧，这个地方，这个时候，又凭您这个人物，您还怕拔闯的硬闯进来叫字号不成？就有人敢来炸刺，咱们哥儿十几个，吐吐沫也把小子淹死了。"

七言八语一阵乱噪，王洛五最怕人讥笑他胆小，把脸一绷道："你们说我胆小么？"赌徒中有一个叫王玉书的，乃是天津人，庚子之役是他纵火烧了三岔口望海楼；后来畏罪逃到黑龙江，在镇边军当兵，却天天在王洛五所开的赌局里泡。他不知就里，随话说话，就自夸自己的勇敢，当年在天津，赤手空拳和天津南市的混混叫字号，真是寸铁不带："当时人们都夸咱是黄天霸上连环套。"又道："五爷在这个边荒野地，足够人物，若到了我们天津卫那个小地阶①，哼哼，专讲究下油锅，躺铡刀，争菜市，夺码头，一天打八顿架。不是我吹，火烧望海楼的时节，就是我一个人，一支火把，别说带手枪，连小刀子都没带。"

王玉书只顾狂吹，王洛五把赌案一拍，怒瞪虎目道："知道你烧过望海楼，五太爷耳朵眼里听你小子说过一百二十八遍了，说了又说，自己也不嫌讨厌！好汉休提当年勇，咱们说现在的，你敢跟我王洛五比画比画吗？王洛五虽然不是英雄，可是我做的事多啦，从来不肯挂在嘴皮子上。我若把我干过的把戏全告诉你，只怕吓破了你的苦胆。你除了烧过望海楼，还有什么？"王玉书一见王洛五急了，立刻换出笑脸道："五爷，今天我们是给五嫂子过节捧场来的，看这意思，五爷还要揍我么？官不打送礼的，咱们改日，成不成？"

王三巧忙说："咳咳，一句笑话，你怎么就急了。当家子，你别搭理他，少说一句吧。"再三地说，把王洛五劝住了。王洛五怒气不息，顺手把手枪解下来，往赌案旁一只小凳上一丢，道："这玩意解下来，不解下来，都算不了一件屁事。这是我自己的赌局，我在自己家里带手枪，就算胆小；不带手枪，就算胆大，岂不成了笑话了么？若讲究好汉，也不在这地方。王玉书，

① 地阶：天津土话，地方的意思。

不是我改你，你太好吹了，吹得人家直吸凉气，你还是吹。就说火烧望海楼这件案子吧，你这家伙不管遇上什么人，说不上三句话，你就又翻弄出来了。你自己不嫌贫吗？我王洛五倒没烧过望海楼，你可知道东沟子里的双枪将谢老发吗？他家十七八口人，光大抬杆就有四五杆，在本乡狐假虎威，自觉不错似的，你知道到后来，他家落了怎样一个结果？是怎的现在连一个人芽也没有了？男子汉大丈夫，做一件事，不要自己吹，要听别人怎么说。挂在嘴皮上，有什么用？"

武师张玉峰、班头周万苍，都晓得王洛五挂了劲，各个示意，在旁帮话，暗中各将脚步立好，继续往下赌，赌注越来越大。张玉峰一看，自己的人已然散开了，无形中已将赌徒一个看一个钉住。王洛五又自己给自己解了武装，正是到了好时候了。然后递一眼色，宝盒一开，赌案上的小李太，陡然一声怪叫，把拳头往赌案一捶，力量很猛，把赌注现钱砸得乱蹦，口中骂道："搞妹子的，你看这是什么点子！"围着赌案的赌徒诧然顾视。小李太伸着手，在赌案上一抓，连自己带别人的赌注，一齐抓过去了。"干什么，干什么？"一阵乱号声中又有人说："不许赖，输急了么？"小李太道："就算我输急了。"

王洛五把眼一瞪道："你这人，你要在我们十三道岗撒野，你胆子真不小……"身子刚往上一起，要站立起来，背后监视他的人，急用肩膀一抗，想把他撞倒。不料王洛五确有一点力量，身子微微一侧，立刻凝身站定，曲肘往外一架，把对方挡住，恶狠狠回眸一望，冷笑道："你们！"好像已认出上了当，教张玉峰等钉上了。他立刻伸手抽枪，枪已不在身上，急急往赌案旁小凳上一捞。张玉峰刚好飞起一腿，把枪踢飞，落到两丈以外地上。班头周万苍一个箭步窜过去，恐被人拾去，用脚急急踩住，俯身夺取在手。同时，那张大赌案也被一个人猛然一掀，往王洛五身上直砸过去。王洛五大吼一声，挥臂一格，赌案反而斜落在吴宝华身上。吴宝华急急一闪，转身奔王洛五。王洛五狞笑道："原来是你们来拔闯！"手中恰抄起一串钱，照吴宝华猛打去。朱天雄立刻从背后掩过来，使手法一拿王洛五的胳臂。王洛五急急一卸，转身迎住，两个人扭作一团，各官人纷纷围上来。

赌局内一阵大乱，凡在赌局内动手的官人，上身都没敢带火器，恐被王洛五党羽识破，只在下身肥腿裤里腿内，紧藏着手叉、铁尺一类短兵刃。王洛五奋身拒捕，大声吆喝，是关照同党速来相帮的意思。但是这些赌徒，三停有两停是官人化装，其余一停，乃是十三道岗的游民，乃是真正的赌徒。赌局内王洛五的同党，在此刻连十人都不到，又一个个已被官人暗钉上，一个官人看住一个匪党。在场官人一声暗号，都掏出家伙来厉声喊嚷："我们是办案的，不是抓赌的，闲杂人等赶快蹲下，不许乱动。"又大叫道："格杀勿论！"班头李会庭拿出牌票、法绳、铁锁来，举过头顶，仍然喊："闲杂人等赶快蹲下，格杀勿论！"六七个赌徒没命地往外逃窜，外面埋伏的官人一拥上前，把赌局团团围住，一个也不往外放。赌徒就像没头苍蝇似的，乱叫乱钻乱撞。但外面的官人，已然掏出手枪，支支枪指定在场的人，赌场内立刻又起了一阵鬼哭狼嚎的怪叫。

那王洛五，已被四五个官人圈上。吴宝华、周万苍、朱天雄、张玉峰一齐动手，竟没有把王洛五弄倒。王洛五好像受了伤的猛兽，真是一人拼命，万夫难挡。王洛五和朱天雄四手对搏，吴宝华从背后来掀王洛五的腿。王洛五猛一挣，竟挣脱，怪吼一声，一拳捣中朱天雄的脸。武师张玉峰急急一扁身，用跺子脚，照王洛五左腿狠狠一蹬，王洛五栽在周万苍身边，仍没有跌倒。

周万苍掉转手枪柄，照王洛五头顶猛砸，被他一侧头，砸在肩上，仍没有砸昏他，他反而抱住了吴宝华，拿吴宝华做挡箭牌，使力往外一推，吴宝华几乎和周万苍相碰。

但这样相持，也不过一眨眼之间，时候稍久，便单拳不敌四手。班头和武师四五个人联合齐上，把王洛五抓住。张玉峰照他鼻头捣了一拳，王洛五登时热泪和鼻血齐下，两眼睁不开。张玉峰大喊："放躺下他！"朱天雄抽铁尺一敲，吴宝华用力一扳，王洛五咕噔一声，仰面倒地。场中只剩下王洛五寥寥无几的党羽，此时有的拒捕，有的遭擒，有的逃窜。等到首犯失脚，也就眨眼失去了挣扎之力。满屋尽是捕匪的人了。外面埋伏的官人，用火器指定拒捕之人，拒捕之人相继受捕。但还剩下一个强汉，被挤在屋隅，拿着一把刀拼命抵抗。官人齐声喝令受捕，这人也看出情势不对，持刀护住身子，大声喝问："你们到底是干什么的？"官人齐说："我们是办案的，要拿这位王洛五王朋友，交代一件官司。"这人又问："你们有公事吗？"答说："当然有。"这人道："有公事，我就跟你们走。你们只要不是砸赌局、充光棍，要真是六扇门，我就跟你们走。"这人已有受捕之意，官人齐将心一松，李会庭又把公文高举过头。不料就在这时，猛然听轰的一声大响，一溜硝烟，满屋登时惊乱，众人惊疑四顾，张玉峰武师眼光很快，只一瞥，但见王洛五的爱姜王三巧，突从烟灯旁立起，伸手摘取墙上挂的十三太保，把枪一顺一放。只是一击，已有一个官人被打中负了伤。官人急喝："快捉！好大胆，敢拒捕！"有的往后退，有的要开枪还击，有的往旁闪，暂避火线；唯有张玉峰武师，立身处太近，欲避无处，厉声喝道："住手！"

王三巧并不听，仍要拒捕，轰然又放出一枪。张玉峰再不遑深思，猛然伏身一跃，游身而进，直登烟榻。王三巧又搂枪机，张玉峰猛一探身，往上一托枪，扁身一腿，将王三巧踢倒，十三太保大枪，顺手夺过。众人一齐动手，把这个王三巧也捆上，应捕各犯也一一上了绑。外面街上听见枪声，也是一阵大乱。张玉峰武师、周万苍班头，认为这一番设计诱捕，不可持久，久恐生变。十三道岗有王洛五不少的同党，也许要拒捕，要劫夺要犯，把潜备的大车赶到，把王洛五赶上大车，立刻要起解。王洛五失手之后，一言不发，怒目而视，双眸中闪闪蕴着毒火。赌局被捕的，连王洛五、王三巧，一共七个人。王洛五直到王三巧开枪抢救自己，方才打破沉默，哈哈大笑道："老子想不到在阳沟滚翻了船，但是我还交了两个好朋友，娶了一个好女人。"问官人道："你们哥们先别忙着走，我看你们几位这样大的举动，把我捉住不杀，一定不是仇家子了。你们哥们一定是办案的上差，没请教哪位是头？贵姓？贵衙门是哪里？"吴宝华受了他的反击，心中不痛快，骂道："你也睁大眼珠子看看，既知爷们是官面，趁早咬紧牙关，闭住鸟嘴，腆出屁股来，等着挨板子，你少要充光棍吧。爷们要恭请你们大驾五花大绑，上大车。"五花大绑上大车，乃是出斩砍头，众官人缚贼唯恐不急，连王洛五的脚也上了木狗子。两人伺候他一个，把他搀起，往赌局外面架。王洛五十分发急，忙道："你们哥们也太不懂交情面子了。你们假意跟我拜把子，设计骗我，我并不恼，你们是官差不由己。可是好歹我们也盘桓过好多日子，难道一点私情也不通么？你们不要忙，我还要交交诸位哩。诸位为我的事，很受辛苦，我不能没有一点人事。诸位可以把我押到店房，我叫柜上给你们每位支二百吊钱买鞋穿。哪位是头，另外我奉送二百两，请他把我这场官司告诉我，难道我犯了案，连案由也不给我看不成？诸位要知道我王洛五是个朋友，彼此都要看开点。"

其实，李会庭、小李太、周万苍这些老捕快，早就预备了卖案情，向被告索钱的主见。不过故意做难点，希多得报酬。四个班头都换了笑脸道："王洛五我们对不起，奉官所差，事不由己。我哥们承你老兄不见外，也周旋了这些天了，朋友总拿着当朋友待。一切你望安吧，除了徇私买放不行，你想打听案情，那不算什么。"意思之间，要把大车拉到店房，以便索贿。张玉峰矍然变色道："这可太悬虚！"暗冲向王三巧一指，周万苍向王洛五说道："对不住，我们只求现佛，不能远去了。我想王五嫂子总可以给我们点酒钱。"王洛五皱眉道："也好，三巧，你听见了没有？"王三巧此时也已被缚，她一点不怕，嘟嘟囔囔说："抓赌也犯不上摆这样大阵仗，老娘不怕。你们说上哪里，我就跟你们上哪里，何必来这一套？你们到底是冲谁来的？"李会庭笑说："五嫂子，请你放心，绝不是冲你来的，你跟前头那位大哥的事，算是完了，吏不举，官不究，我们管不着。这一回事，老实告诉你们两口子，厅里有人把五爷告下来了，情节也平常，请你望安，没有五嫂子的干系。不过五嫂子拿刀动杖的，我们不能不捆一捆。只要五嫂子不再玩火器，光摆弄羌贴站人洋钱，我们就松套。"

做好的活局子，有软有硬，硬的要钱，软的泄露案情。由小李太把王三巧松了绑，押着她开箱开柜，给官人拿"好看钱"，王三巧这娘们，比王洛五还横，又不开面，只掏出几百吊钱，再不肯多破费了。王洛五怒道："老娘们懂得什么，我这一进厅，一路上山高水低，全靠朋友照应，你还想惠而不费地打发地方那样么？"立逼王三巧拿出许多金银首饰，奉送给众官差，笑道："小意思，诸位别嫌恶。"小李太见了偌重的包金镯子，心中大喜，连声夸赞道："怨不得外面都夸五爷人物，果然不虚，我弟兄这一番奉官所差，概不由己的苦处，五爷难为你全看得很开……"底下的要说"拜领"和"照应"的话了。不料老猾的周万苍和持重的张玉峰，同时翻了腔，喝道："小李太，你要脑袋么？"过去斥责王洛五道："王洛五，我们拿你当人物，你怎么来这个，你要毁我们哥几个呀，你可瞎眼了！"大声吆喝道："装车，装车，少跟爷们弄把戏，爷们花的是光棍朋友的钱。"王洛五忙解说道："二位太多心了，情实我手底下没有许多现货，所以拿几样首饰，这有什么？既然诸位不愿要首饰，三巧你再搜搜箱底，我记得还有几十张羌贴，还有四只元宝，都给我寻出来。"

于是别的官人又往回拉钩，把张、周劝住，静等王三巧寻出四只元宝，和单元五元的一共百多张羌贴。（旧俄纸币，清庚子前后，已流行吉、黑。）王洛五赔笑道："这两只元宝和这几张羌贴，跟这些现钱，是在下奉送诸位的。我知道诸位为了我这一案，在十三道岗盘桓了个把月，足见厅里老爷把我看重了。其实呢，我不过是个开店的买卖人罢了，不错，我接了这个赌局，我是为结交朋友，不是为发财，也不是为坑人。我这人一生口直，有口无心，不知哪句话得罪了朋友，把我告下来。我现在没说的，当然跟诸位上厅打官司去。不瞒诸位，绥化厅我也有个把朋友，但是求外圈不如求内圈。这点小意思，请诸位务必赏脸，算我王洛五交朋友了。"客客气气，很说了些外场话。又说："这另外两只元宝，也请诸位替我收着，不知哪位是头？请头儿一路上多关照我。等我到了厅，我自然设法教他们在外面另给我铺陈，和这笔钱没关系的。这笔钱，我完全托付诸位，在路上多多照应我点。还有我那小店，恐怕还不晓得我在这里遭了官司，请诸位上差，派一位弟兄辛苦一趟，把我们柜房上姚先生叫来，叫他赶快预备一千吊现钱，一千两现银子，并给我们舅爷送个信。这一切都要诸位帮忙了。"又道:"这区区之数太少,好在现时天气尚早,最好诸位能跟我到小店去一趟,管保和诸位多少也有点益处。再不然,请稍候片刻,等着把我们姚先生叫来,我只对他说几句话,我另外奉送每位二十两银子。总而言之,这场官司,我一定跟了去打,可是我得留下几句话,好教他们给我打点。区区下情,全靠诸位恩典了。"把强悍之气,一扫而空,王洛五以甘言厚币,一味央求。这些班头、捕快之流,见了银子钱,如苍蝇嗅见血腥,早已喜得眉开眼笑,把刚才拼斗拒捕之情丢在脑后。王洛五只要求"和管账先生见一面",这是打官司的人的常情,唯恐家里人得不着信,致身陷囹圄,无人搭救。殊不知任何人本身一被捕,立刻有衙门的腿子,跑到事主家,通消息,讨花销,用不着被捕的人另外花钱买嘱。王洛五这一套,大概也是这样,那么按人计,每人多敲他二十两岂非是好事? 左不过跟司账见一面,谈几句话罢了。

　　武师张玉峰在厅衙,究竟是幕客师爷的地位,而且利害之念也看得清楚。见周万苍正与师弟吴宝华、朱天雄叽咕,忙凑过去道:"你们留神,这地方可是天高皇帝远,跟咱们关里可不一样,碰巧他不但拒捕,他还要戕害捕吏呢。现在还是赶紧起饵,天色一晚,再走可就难了。王洛五手底下有上百的党羽,又跟胡匪暗中勾结,周头你可估量着点,不要只顾找外落。"周万苍道:"我这里正跟吴师爷、朱师爷商量呢。"遂把李会庭等几个要紧人物,连经历衙门派来的协捕的差人,都调到赌局外,秘议几句。经历衙门中的人首先说:"这王洛五可不大好惹,他手黑心狠极了,我们捉他容易,他要是跑了,咱们管保都得葬送在他手里。"周万苍道:"不过按办案讲,咱们总得到他那店房去一趟,还有原告的两个女儿杨金环、杨玉环,也得一同到案。"正在计议,那王洛五的对头，伶人赛活猴已溜进赌局，此时在旁踊跃告奋勇道："诸位老爷，王洛五这小子，在他店房里，光大抬杆就有十七八杆，手枪八音子、七封子，更不知有多少。他手下的狗腿子，足有七八十号，碰巧今天是过节，换在旁的日子，他们就敢结伙抢差事。诸位老爷不是要传杨老板的两个女儿么？我知道两个女孩子的住处，我领哪位老爷去，一叫就叫出来，不过得预备一辆轿车。——您诸位千万不要再到他们店房去了。留神吃了暗亏。"

官差看不起伶人，李会庭冷笑道："上店房怎的了，难道还连我们都扣在那里，剁在那里不成？那儿还有我们的行李呢，真个的丢掉了，不敢回去拿么？"赛活猴忙说："是，是，诸位老爷自然不怕，只怕王洛五教他们夺回去，张老爷您瞧怎么样？"张玉峰笑道："我倒有个八面圆通的法子，管叫你们想上钱，也办好案，不落一点闪失。"周万苍问什么高见？张玉峰说出三步办法。第一步，王洛五仍由赌局起解，装上大车，由各官差各执火器，严密护行，由十三道岗起解，直趋余庆街（今改县）经历衙门，如有风声草动，可以就近调镇边军协助。第二步，在起解之先，同时举行，由吴宝华、小李太，带同赛活猴和眼线，去到阎王店后街，提取案中有名之被害原告之女杨玉环、杨金环。轿车没处去找，由地方给抓来一辆草上飞，大轱辘车。第三步，一俟二女赶到，即与王洛五一同起解。在起解的同时，由周万苍、朱天雄，外带两人，立即押着王三巧到阎王店去，通知案情，索取重贿，就便把行李取出来。这个主意当然稳当，大家都赞成，立刻就办起来。

但等到分派人的时候，这些班头各抱私心，都愿意押着王三巧去拿行李，都不肯押着王洛五起解。起解的沉重是大的，而拿行李的好处是多的。班头李会庭和周万苍两个人就对争起来。张玉峰武师大怒，说道："你们只知要钱，不知要脑袋么？在这地方正是红胡子出没之区，真个的，这王洛五的来头，你们又不是不知道。得了差事，不赶快走，你们再耗着吵嘴，我可不管了。我们师兄弟三个人，是奉了厅丞之命，帮你们办案拿贼，案子已然得手，别的事没有我们的了。朱师弟、吴师弟，上马，我们回厅！"

吴宝华还在迟疑，张玉峰立催上马。吴宝华真个要上马，朱天雄忙说："稍等一等，四位班头你们怎么样？"四个班头立刻说："张老爷别生气，我们静听你老的，你老派谁就是谁，我们谁也不许推托。"张玉峰仍要维持原议，自然以护差为重，他自己亲押王洛五上道，命四个班头分为两拨，抓阄定去取，两人押王洛五，两人押王三巧，索性把提杨氏二女的一拨人，也并在这一路，捣了半晌乱，方才起身。王洛五的起解，由张玉峰督率着官差，先给王洛五在外面披上长衫，又给带上大草帽，遮挡住面目。其余拒捕之犯，也押上大车，打算把他们解到余庆街经历衙门，按赌棍例，打一顿板子释放，只把王洛五押到厅里。押解官人，自张玉峰以下，都骑上马，持火器在车旁襄护，并有经历衙门中几个差人，持枪坐在车上，拿枪口对着王洛五，以防不测。照这样，由赌房开出四辆大车，二十多匹马，一径出了赌局，上了十三道岗通行大道。头一辆大车，却是王三巧，正犯王洛五押在第三辆车上。差车刚出赌局大门，门口便已聚了许多看热闹的人，这里面就混有王洛五的一两个党羽。并且刚才的枪声，早已惊动四邻，四邻纷纷刺探，都晓得："王洛五盛记赌局出了事啦，开了火啦！"这消息不到片刻，便已传到阎王店店房。店房的司账姚某，正是王洛五的军师，这军师立刻运筹帷幄，派出几个人

85

奔来打听。打听消息的人恰巧和起解的大车碰了个对头，立刻惊得呆了。闪在路边，只瞪着眼，冲头一辆车的王三巧、第三辆车的王洛五翻眼珠子，透出叩问的意思来。王洛五在车上本来低着头，却在帽子底下，转动两眼，往四面偷看。恰好看见了自己的党羽，他一声不哼，装作没事人。容得大车往前开，开到同伴身边时，他就要"发话"了！事情不尽如他的意，王洛五憋足了话，挨到车与人接近时，他猛然一仰头，草帽从他头上落下来，他的全部面容露在光天化日之下。他振吭叫了一声："朋友，我王洛五栽了！众位乡邻看在往常咱们的交情上……"话不容王洛五说完，押车的官差狠狠捣了他一拳："相好的，你太不够朋友，带上朝廷的王法，还有你吆喝的份么？这不是出西门，再嚷嚷，我可对不住，要堵你的嘴。"同时，两旁押护的骑马官人也早扬起鞭子喝道："闲人闪开！"吧的一下，那个把脖子伸得很长，耳朵张得很开的路旁闲人，正要和王洛五递话，马鞭已然斜拍到肩膀上，热刺刺地疼痛。同时马头也碰着他的后项，惊得他一跳，跳躲一边了。但是官人仅仅禁住王洛五，王洛五再要说话，就要堵他的嘴。前边第一辆车的王三巧，也被当前开路的官差钉住，只容她转动秋波，暗透心情，未许她俏吐娇音，自陈落难了。偏偏在第二辆车上的犯人，本非主名逮捕之人，官人对他稍涉疏忽，他居然和路旁一个看热闹的汉子，潜通了消息。这犯人坐在车上，把脖颈伸得老长，把嘴噘出老远，路旁人也照样，伸长了脖颈，斜楞了耳朵，长喙对准耳孔，急匆匆递过去几句话。话虽然少，人已全然听懂。马上官人刚刚发觉，正要举起马棒，那旁听的人已然抱头鼠窜而去了。

张玉峰武师押车在最后出来的，策马刚出局门，便瞧见看热闹的人太多，离差事车太近，大声吆喝前面开路的官人："驱逐闲人，闲人靠边！"吴宝华把马缰一勒，招呼另一个骑马的官差，把马放开，挥动马棒，往路边上横冲，看热闹的人哄然四散，大车四辆很松爽地开到大街上了。来至十字路口，立刻分途，前一拨人押着王三巧一辆车，直奔阎王店。后一拨人押着王洛五三辆，径向绥化城的大道开过去。这时候，看热闹的人被马棒驱逐，仍有人跟在车后，追着看把王洛五解到什么地方去。有的说趁愿的话："教他横吧，到底碰上钉子了。"有的说惋惜的话："这一抓了去，把王洛五苦了，这一辈子完了。关外和关里不一样，没事便罢，只要一经官，就是大罪了。"在群言纷纷中，路边独有三两个人，表面看热闹，全都默然无言，互递眼色。

　　四辆大车分途的时候，这三个人也霍然分散开，有的步王三巧的后尘，奔向阎王店；有的追王洛五的大车，上了官道；另有一人先一步奔跑开去，钻入十三道岗后街。班头周万苍等，押着王三巧，开到阎王店院内。几个官人手不离枪，带着王三巧，直入柜房，找司账姚先生。姚先生不在，说是回家过节去了，再找别的人，能够负责的竟没有一个，都说："我们是店里伙计。不知道东家的事。"周万苍很不悦，在柜房大甩闲话，拍桌子一闹，闹出一个人来，说是本柜上的二掌柜，现由他家里找回来的。二掌柜和王三巧过了话，协力答对官差，把应该付的好看钱，加一倍付了。周万苍改嗔为喜，把拘票给他们看了，案由抄本也给二掌柜留下。又对王三巧送了许多空头人情："五嫂子，刚才你不该开枪拒捕，拒捕是格杀勿论的。不管怎说，至少得把你带到绥化厅，过个一两堂，那时候五嫂子本是回头人，真许审出别的枝节来。现在我们哥几个，多少担点处分，把您免究了，这可是我弟兄懂交情的地方。好在票上本来没您，我们犯不上多攀拉了，这一点你要明白。"王三巧也早换了面目，口中不住地千恩万谢，又重重拜托诸位："洛五到厅，全仗几位照应了。"

周万苍等在柜房开了一会儿药方子，最后告辞出来。那提取原告被害人杨氏双环的官差，也就在此时，把杨氏双环提到，由伶人赛活猴安慰二女，上了大轱辘车，追上前边押解王洛五的车，一行往绥化城开去。

第五章

押解要犯山行斗马贼

塞外五月天气，当正午时，热得十分酷毒，能把人枯晒死。但等到过了正午一个时辰以后，气候便渐凉，日影一没，山风一吹，真得脱去汗衫，披上皮棉袄。官人逮捕竣事时，已然在午后申牌；等到起解，已到酉戌之交，转眼天边渐暮了。李会庭、张玉峰看了看四面，古道如同羊肠似的，荒草丛生，高过人顶，把通行路掩没。远望黑云当空，高山映日，泛出火焰似的山色，背日的山景，又阴沉沉染了暗碧色。三四十名官差，押解四辆大车，走在这地旷人稀的荒道上，看不见来往行人的影子，只听见古木长林随风的怪啸和野草的籁籁低吼，人们心上蓦地起了一种莫名其妙的戒心。大车是在当中走，前面有班头。武师骑马开道，后面也有官差督护，防备本严，却不知怎的，人们越走，越觉着不放心。

这十三道岗子，本来路途不平，一起一伏尽多岗陵，车行在岗陵起伏之处，官人们都加一倍小心，好像料到这地方是胡匪出没之区，怕无端撞上他们。他们胡匪和官人，处在敌对的地位上，就便案子上的犯人，跟他们不相干，他们若遇上，也要劫差事、抢犯人的。而且官人们又都知道王洛五绰号北霸天，素日便和土匪通气，现在逮捕他，纵然容易，起解时却怕出岔错。因为由十三道岗，起解到绥化城，路程太远了，而在案的人犯又似乎太多，押解的官人似乎较少。

李会庭班头，惴惴地策马跑到张玉峰的马旁，低声说道："张师爷，咱们奔哪里走？是一直往绥化大道走，还是先到余庆街经历衙门？"张玉峰道："这怎么讲？"李会庭嗫嚅道："我看情形不大好，直奔绥化，恐怕路上要生事。"张玉峰往四面看了看道："你从什么地方，看出不好来呢？莫非说这地方太险么？"李会庭道："前途的确是有凶险，不好走。我们一直奔绥化，前站的宿处，正好是前不靠村，后不靠店。不但这样，您再看看王洛五的神气，实在是不对。"

张玉峰一声不响，把马勒住，等到王洛五坐的那辆车开来，暗暗看他一眼，倒也没看出别的来，只觉王洛五刚被捕时，精神颓丧恼怒，此时一变，倒显着神色兴奋似的，并且他坐在囚车上，不住东张西望，若有所觉，脸上很像有所希冀，张玉峰又看了看别的囚犯，也似乎神色不定，正在企盼着什么。张玉峰仍不言语，更观察别个官人，别个官人如押后车的小李太，也似乎觉察出不妥来，一时看看前边，一时看看犯人。犯人的眼色不停地往后面看，有的时候，竟伸长了脖颈，看出很远，他们一定是有所期待了。张玉峰和李会庭两个人，稍稍一嘀咕，小李太就也凑过来说道："案子的神气不大对，他两眼直勾勾地尽往后头看，好像后头必有救兵追来。张师爷，咱们可得多加小心。"张玉峰点点头说："你把周万苍叫过来。"周万苍不等着叫，只看举动，已然醒觉，立刻也挨过来问道："张师爷，怎么样？莫非案子不稳，前边有事么？"张玉峰道："好像有那么一点。"囚车照旧往前开着，几个要紧官人展眼间已然交换了意见。对于犯人神色不

90

定，前途的凶险，都默喻于心了，并且悄悄商好："趁早改道，奔余庆街吧。"

几个官人不动声色，暗中把话告诉了车把式。车把式依言，把车赶起，悄不声地改了方向。大队差不多三四十口人，都随着这方向往下走，没有一人说话。车上的犯人忍不住开了口道："众位老爷，走错了方向了，这不是奔绥化厅的大道，奔绥化厅，应该往左边拐。"说了一次，没人答言，王洛五又说了一次，车把式照旧往错道上赶，官人也跟着齐往错道上走，还是没人答言。王洛五又大声和车把式说话："喂，车把式，你走的路对么？你刚才拐错弯了！"车把式回头笑道："没错，这是当走的道。"王洛五道："你分明走岔了，再往前瞎赶，可要错过宿头了。"车把式一味装傻，王洛五不由犯了老脾气，大嚷起来。登时惊动了押车的官差，齐向他吆喝："五爷，五爷，你可给我们留面子，我们才好给你留面子。半道上走得好好的，你嚷个什么劲呢？"王洛五赔笑道："我是告诉他，这不是往绥化厅的大道，他把车赶岔道了。"周万苍笑嘻嘻地走近囚车道："王五爷，人家没走错，是你想错了。你老心想着一定要把您解到绥化城，其实头一步还得把尊驾先解到余庆街经历衙门那里，您在那里过完头一堂，歇上一天半天的，再把您转到绥化厅，这中间还隔着一个衙门呢。"王洛五嗒然半晌道："原来我是先到余庆街，后到绥化厅么？我分明记得诸位一开头告诉我，说我的案子是在厅里，怎么又转到余庆街了？刚才临上车的时候，我还听众位哄嚷着说：直奔厅衙。到底是为什么临时又改了道呢？"官人一齐笑道："那许是您听岔了，再不然是您想左了。对不住，赶路要紧，有话等到了地方再谈吧。"立刻一阵传呼："马前，马前！"夹杂着皮鞭策马之声，四辆大车加紧攒行，速度较前超过一倍了。把个王洛五在囚车上颠顿得和皮球一样，一颗头碰了许多疙瘩。

直到太阳西沉，方才走出十三道岗子的末两岗。遥望前途，仍然看不见打尖之地。武师和班头恐错过站头，力催大车加紧赶路。曲折前途，约莫着前后已经走出三十里地，车越走，越发加快。在这车声辚辚、蹄声踏踏之中，突然听见很清脆的吧的一声爆响，分明是子弹破空声。众官人不禁仰面寻看，觉得情形不好，急忙寻看，枪声似出于侧面林丛，直掠头顶而过。跟着又响了一声，众官人忙又往后寻看，觉得枪声又似出发于背后。

张玉峰武师、周万苍班头，大声地吆喝："停车，停车！"众人一齐趋奔近处土岗，借物保障住一面，随即把马勒住，车也停住。跟着招呼了一声，立刻纷纷下马，护住囚车。四辆囚车紧在一处。赶车的把式，按寻常遇见胡匪的惯例，把车往路上一丢，人便跑到路边一蹲，没有他的事了。却不知这是官差，不是商旅，官差一阵怒喝，把车把式催起来，仍叫他跨上车辕，等候命令。几个官差望空还枪，身子伏在乱草中。几个官差快快地奔跑，把周围形势匆匆一看，快快地定了趋避的方向。"左边有警，后面有警！大车还是赶快往前边闯，往右边开！"一面喊，一面继续寻找枪声的来路。就在这时候，枪声如密雨乱发起来。侧耳细辨，声在后方，同时后方也已发现了骤马飞驰的蹄声。

"哦，十三道岗子有人追下来了！"左侧丛林果然转出二十几匹马，马上的人开枪往这边攒攻。只有一样，双方相距尚远，目光可以望见人影的显现，火枪却不能瞄准。众官人一齐耸动："果然有了劫差事的了！"张玉峰、李会庭、周万苍、神枪余永堂，到了这时，把心神镇住，一手扯马缰，一手提手枪，抢到囚车两厢，催促车把式："休要怕，往前闯，闯！闯！"骑马的追兵正是北霸天王洛五的死党。王洛五猝然被捕，他们也仓皇失计，现在刚刚纠齐了人，就追下来了。分为两拨，共有五十多人，全是快枪骏马，他们绕道紧追，居然赶出三十里，便赶上了。头一声枪声，乃是他们的暗号，通知两拨人马，往一处兜合。官人骤然遇变，不知追兵多少，仓促间还想下马拒战。殊不料人家的马快，官人策马驱车而行，人家还要追上，这一下马护车，反倒落入抵面交攻的情势之下了。王洛五的党羽两拨马贼，火速地追上来，到达够上火线之处，立刻下马，往囚车这边开枪示威。目的不在伤人，实在要截路劫囚。弹丸如雨，只照下三路打来，未伤人，只是先要伤马。官差这边迤逦闯躲，躲到一道较为高峻的土岗后面，便不再闯，立刻列成阵势，开枪拒斗。马贼人少而枪多，人又是亡命徒，舍命攻土岗，要越岗过来夺囚。官人这边人多而枪少，内中又有些胆怯的，与贼相形之下，倒像势弱。而且虚实不明，主客异势，贼人既敢青天白日，硬来抢救首领，那一定是来者不善，善者不来。因此之故，双方交了锋，马贼一味威逼狂骂，叫绥化厅的腿子们，快把王洛五放了，饶了你们。官人这边倍觉惊惶，虽然还击，总想夺路速走。而且天色也不利，渐渐日暮了。一到夜深，贼党势必越聚越多。官人们个个着急，隔土岗相斗了片刻，官人已有两个挂彩。有几个悍匪，突然三番两次硬闯过来，被官差一排枪，登时打回去，但是他们从这边绕不过来，转眼他们又从那边扑上来，情形是越来越显得吃紧。

张玉峰和李会庭，看出恋战不妥，硬拒非策，立刻吆喝同伴："还不上马夺路！刚才已经探问明白，距此不远，最近的一站，叫作刘家烧锅。"官人互相传告："快开车奔刘家烧锅！"车把式在这恶斗的局面下，已然失去驾驭之能。张玉峰忙命自己人，赶快跨辕赶车。张玉峰自己就舍马登车，命师弟吴宝华执鞭打马，他自己坐在车厢后，背朝前，面冲后，一手持手枪，和囚徒王洛五背对背，膝下放着一支十三太保，另外一只手，提一把利刀，向王洛五威吓道："我不怕劫差事，只要谁敢上前，我头一下先打死差事！"两眼怒睁，做出拼命的样子，叫王洛五勿要生心图抗。周万苍、李会庭也照样，都舍了马，上了囚车，与囚犯共生死，拿囚犯做了挡箭牌。他们就分为二路。朱天雄与两个官差，持枪上马，驱策着十几匹空马，当先开路，落荒往前闯。一阵尘烟过去，夹杂着枪声，引得劫差之贼哗然大叫："腿子们跑了！"当此时，日色已昏。荒草尘烟中，看不清人数多寡，群贼一迭声叫道："跑了，快追！"

官人这边张玉峰、周万苍、李会庭等驱车夺路，到底闯出土岗。群贼立刻上马跟追。但土岗后面还有断后的官人，那是神枪余永堂为首，他的十三太保很有名，可说百发百中，他尤其擅长骑着马开枪。群贼刚抢上土岗，余永堂连发几枪，把两匹马打伤，把贼摔下来。马贼一阵大哗，乱嚷道："岗后还有埋伏哩！"立刻往后路退，开枪照土岗攻打。为首的贼人也很有指挥之力，把同伙分为两拨，这一小拨在步下攻打土岗；那一大拨，就骑上了马，绕道紧追囚车。

余永堂专司断后，一看贼人的攻势，竟留出少数人，把自己圈住，大队仍要追截要犯。这一来自己断后，反而落后，恐怕落在夹击局面之下，立刻招呼同伴，猛烈地开了一排枪，悄悄退出土岗，快快地上了马，追逐着囚车的征尘，从斜刺里飞奔过去。

护差的官人，和追截的强贼，恰恰一前一后，夹成四层。在这塞外荒郊，此逃彼追，此攻彼拒，只听见子弹吧的一下，吧的又一下，跟着发出掠空之声，咻咻然怪响，夹杂在马蹄和车轮颠顿声中。强贼的马全都神骏，官差现征来的车全部破旧。这么紧追疾斗，起初距离稍远，弹发无功，渐渐便够到火线了。押车的官人，有的受了流弹的伤。张玉峰武师和周万苍班头，急得怪嚷，把马鞭猛打驾辕的马，前途有路，驱车如飞前奔。众官人恨不得一步抵达前站，却必须把追兵略略甩开，又必须把自己人会在一处，方保无虞，也好交差。前边那四辆大轱辘车，一直奔到古道上，忽然一转，竟落荒而走。这大轱辘车又名草上飞，驰行草地，最为相宜。张玉峰武师蓦地在车厢上一长身，向后大叫，意思是催断后的人，快快跟上来。断后的人立刻望见，也发声大叫。后面紧追的马贼，立刻也答了话，却不是空言，"吧、吧"地发了一排枪，子弹哧哧然掠过张武师的草帽。张武师赶紧俯下腰，被同伴扯过去，连叫："小心，小心！"张武师笑道："不要紧，他不敢真打。"同伴道："这岂是闹玩儿的，他们凭什么留情？"张武师一拍王洛五道："他们怕伤了他们头。"果然，王洛五和同时被捕的二人，这时都做了官差的护身符、挡箭牌，群贼弹发如雨，只是上打天空，下打马腿或车轮。

　　一霎时子弹乱飞，此奔彼逐，又追出二三里，不但够上火线，简直地彼此可以相望通话了。大轱辘车尽管驰行草地最宜，总不及匹马单骑周旋如意，履险如夷；而且草地上也是陂斜不平，常有大石块；大轱辘一碰上，车轮便碎。所以车行须择途，马驰全不顾；又加上群贼个个骑的是关外"狼掏腚"的良驹，比起官马，比起临时抓来的驾辕驽马，简直不啻龟兔竞走。于是"赶上了，赶上了！"群贼马上加鞭，一阵阵怪喊："站住，站住！快降！快降！妈巴子，再不停，全打死你们！"官人奔得满头满身大汗，却谁也不敢停，都晓得马贼手段歹毒，而北霸天王洛五收拾对头的狠辣，更叫你尝上求死不得的酷毒。捕快小李太蓦地从车厢立起，屈指大骂："凭啥站住，你奶奶个皮，劫官差就是造反，剐不了你！"为首一贼大骂："再不站住，乱枪打死你们！"

95

小李太还骂道："打不死你！"对骂声中，为首那贼，策马飞奔，早将一杆枪举起，一平，一放，吧的一声脆响。同时，小李太也早悄悄把手枪隐在车厢后，也一抬手，一平，一放，吧的一声脆响。小李太怪叫一声，倒在车厢。车厢中官人吃了一惊，张眼齐看，突然见那为首一贼，也一声叫，身形一晃，想是被奔马一颠，斜身一溜，突然栽下马来，连人带枪，一齐坠地，那马仍然往前奔。官差一齐欢呼，群贼一齐怒骂；怒骂声中，奔驰来数骑，跑到落马人跟前，跳下马来扶救。落马的人好像皮糙肉厚，没受致命伤。眼看摔得不轻，竟一骨碌跳起来，破口大骂。官差在狂喜声中，把车赶得飞快，仍然往前闯。群贼激怒，起初跟缀，顾忌着官人的开枪还击，又怕误伤自己人，他们尽管穷追。中间仍留着相当距离。这工夫，那落马的贼好像是首领，因受伤而大怒，厉声发令："追，追，追！打，打，打！"重新跳上马，加紧往前赶，群贼把马缰放开，霍地分两翼，兜抄上前。约莫赶出半里地，前后相距越近，贼人喊一声："开枪！"把马一齐勒住，就在鞍上，端枪开火。"吧，吧，吧"，骤然一阵急雨，泛起一片硝烟，登时流弹乱飞，整整开了一排枪。然后又喊一声："追！"群贼又把枪挎起来，马上加鞭，复往前赶。

这样，追到分际，便开枪打，打过一排子弹，又放马急追。且追且打，展眼又赶出一里多地，前面逃跑的官人，四辆大轱辘车排成一串，马鞭如雨点似的乱打，打得马负疼狂奔，就像一条线，一溜烟似的，掠过草地，直奔刘家烧锅。断后的数骑官人，也把马拼命地打，打得马四蹄翻飞，渐渐跟上来，尾随大轱辘车后面，曲曲折折，合在一处奔；一面奔，一面还枪往后打。贼人追得近时，他们开枪；贼人停住马放枪时，他们就加鞭逃；如影戏似的，又如走马灯。却是追兵越赶越急，情形越来越紧，官人们人人跑得喘不过气，汗如雨滴，马也喷沫。但是，这路途也越走，距刘家烧锅越近了。遥遥望见刘家烧锅那座高大的碉堡，耸出土坡丛林之外。丛林土坡之后，便是一个市镇，刘家烧锅就在市镇的核心，略略偏北。余庆街经历衙门的官差，头一个发出欣幸的叫声："快到了，到了，就在前面了！"且嚷，且回头，可是他的嗓子已然哑了，人也吓得快傻了。官差一齐大喜，群贼一齐大骂。继续着奔逃，继续着追赶，渐渐追近刘家烧锅时，官差的车马越跑越快，群贼的马队反而越跑越分散，往两厢兜绕了。

这其间自然有缘故，官差将近四十人的马匹，马贼队也有四五十名，这差不多共有百十来匹马，再加上四辆车，飞奔起来，轮声蹄声，宛如惊霆疾雷。当官差刚刚望见烧锅的碉堡，而碉堡上的人早已听见追奔的骇人声浪，又加上嗦嗦然破空的火枪流弹声，刘家烧锅的护院把式立刻报告了东家，东家鸣锣聚众，霍然地关上了堡门，把式摆好大抬枪和土炮。刘家烧锅全镇上（这自然是个烧锅名，同时也成了一镇的地名）大大小小商民各户立刻也闻警知变，霍然地铺家上了板，民家闩上门。同时，守望相助，壮丁全数上了房，有的上了墙，有的上了土堡围子墙；火枪、快枪、花枪，满都亮出来，并且男男女女互相惊呼传告："不好了，大队的马达子，又来攻咱们来了！"塞外边荒，这没有别的招，只有自救。"开枪打东西，一个也别放进来！留神他们火攻，可别像去年冒冒失失上当！"刘家烧锅全镇动员守堡御盗。绥化厅的官人、余庆街的捕快，扬鞭打马，一直投奔过来，恰恰正顶着炮口。四辆大轱辘车星驰电掣，后随三十多匹马，狂奔如风，远远地大喊："快开闩，我们是官面，我们是绥化厅！"呼喊声中，一座土炮轰发出一炮，炮子铁砂弥漫天空，越过了四辆草上飞，直打到马蹄所过的飞尘影里。后面紧追的贼队早霍然分开，炮子恰让过官差，落在空处，恰挡贼队的前途，却将官差吓得乱叫。其实，烧锅炮台上，那四个炮手，的的确确已看清楚，这前奔的四辆车，内有囚犯。炮手旁边站着刘家烧锅的东家，正用千里眼望远镜，仔细观看来队，并且，的的确确，已然看明，前逃者是官面，后追者必是马达子。他们当然不敢伤官役，可是他们仍要成心故意，连开了这样四炮，为的是打草惊蛇，震吓贼党。这一来吓坏了前行的官人。张玉峰武师是关里人，不知关外风俗，连呼同伴："不好，前面开炮，后有追兵，他们一定误会了，我们快快地绕着走吧，不要进到刘家烧锅了。"周万苍班头却说："不要紧，只管往里闯，他们这炮正是帮我们的。"吴宝华也嚷："万一叫他们错打了呢？"李会庭说："决计不会误伤的，我们快把凭据亮出来。"立刻把那公文黄包袱抽出来，挂在枪上，高高挑起来，又把红缨帽，带月光的号衣，也挑在枪尖上。一面仍旧冒着炮弹的硝烟，硬往刘家烧锅街里钻。刘家烧锅全镇守望的人，共有四五只千里眼望远镜，由望远镜窥见了四辆大轮车上的囚犯，虽无囚笼，也非囚车，但已看出犯人手铐脚镣，戴得很全，而且又望见大车上所插的小旗子，旋即看见官人们高高举起了红缨帽、黄包袱、号褂子。守望人驰报刘家烧锅本镇的牌头，这镇头就是烧锅的东家刘某（张武师已告撰人，撰人忘未笔记，今姑假名为刘静波），刘静波是本镇有头脸的绅士，按理说，应该协助官人，抵挡土匪，却又怕中了"诳城之计"。

刘静波的谋士，是烧锅的二掌柜兼司账，也有小股，好像他姓马。马二掌柜是山东人，肚里有几部宝贝，号称三案五义，如同四书五经一样，那就是施公案、彭公案、于公案、大八义、小五义、续小五义、三国演义、列国演义。他是本镇上唯一有学问有本事的人，敢于结交官面，招待过路豪匪。他登上土圈子，凭高下望，立刻想起了诸葛亮老先生的"空城计"。吩咐护围把式："一门大开，三门紧闭。"门侧布下了埋伏兵，反用诸葛亮在西城的妙计，把几位打枪最准的好手，调派在开了门的土围子围墙上。这开着的堡门，与官人和马贼的追逃正路，恰好相反。追逃之路在东面，他便大开西门，为的是前面逃来的官兵，后面赶上的土匪，必须绕围城半匝，方能入内。当他们绕道时，土围子上面，尽有埋伏，可以察看虚实真伪。马二掌柜吩咐已罢，陪同东家，站在土堡碉楼之上，倒没有羊羔美酒，也没有设琴，每人提了一杆自来得，这是当时最难得的火器，督视炮手，相机行事。炮手先开了四炮，又奉命复开了三炮，便即打住。十数支大抬杆，也轰击了一阵，忽然鸦雀无声地停住了。

这工夫，官人驱车狂奔，扑到东门，大声吆喝道："快开城，我们是绥化厅办案的官差。我们是余庆街经历衙门办案的官差。"烧锅中人认不得绥化厅官差，倒认识余庆街经历衙门一两位差人，这差人到他们烧锅征过酒税的。这差人大声地喊："刘当家的，马掌柜的，快开门，快开门！"此时堡中的抬枪虽说已停，仍不免误发出一两声枪声，后面追贼也发枪乱打，前面官人提着喉咙喊，竟裹在轰击声中。堡上人只望见车上马上的官人，伸脖挥手怪嚷，嚷的什么话，一个字也听不出。虽然听不出，却看得明，猜得出，是呼助，是叫关，是请求派兵点将，替他们打退追兵。烧锅军师马二掌柜于是乎把一颗头一摇，又一点，这才吩咐："照计行事！"把式们在土堡垛口后藏伏，露出头脸，向奔驰叫门的官人发话："西门开着呢，你们快奔西门！"这也是瞎嚷，堡上和路边隔得远，枪声仍响，人又跑得乱喘，堡中人的话，官人照样一字也听不清。虽然听不清，手势乱比，后边追来的贼又分两股逼到，这四辆大轱辘车为势所逼，东门叫不开，自然而然，绕城而逃，绕到西门了。于是，官人驱车绕到西门外，逃进西门里，一进西门，堡门立刻关上。所有刘家烧锅全镇的壮丁扫数上了碉堡，所有的火器都枪口冲外，瞄着土匪追赶的来路。一声号令下，"打！"全镇火器冲马贼奔驰尘土大起处发去，乒乒乒乓，硝烟登时迷漫全土堡。牌头刘静波和军师马二掌柜，一手提自来得，一手举望远镜，从碉堡探头，往外往下寻看，已看见官差的车和马，相率逃进来，又看见马贼的三十多匹快马分为两路，包抄土堡，竟被这堡上一阵排枪所迎击，霍地落荒退回去。军师大喜，自庆指挥如法，抗贼得策，竟请东家下碉楼招待官人。守堡壮丁也大喜，挟技思试，今番幸得机会，开枪御盗了。他们竟不管硝烟散布处，究竟伤了几个贼，他们只顾逞高兴，一味吧吧排枪乱打，"轰轰"地抬杆乱放。殊不料堡墙为硝烟迷住视线，马贼刚往前一冲，遇敌候往回急撤，这工夫群贼已然两路归一，齐退到一个土坡后面，纷纷下了马，借物障身，观望堡围，暗打主意。

　　为首的马贼一定要救出王洛五，切齿咒骂刘家烧锅的打搅，一面派出三个探子，悄悄拨荒草、走荒原、舍宽道、穿小径，慢慢往土堡跟前哨探虚实，一面不等到探子回报，亲自掏出千里眼，爬上土坡，看了又看。看罢，立刻吩咐伙党，在土坡后只留下四人四马，钉着跟土堡打，他自己竟潜率十几个马贼，偷偷地牵马步行，往回退下去，又斜抄上前，潜度荒原丛林，从斜刺里剪截去路。官差们要想潜押囚车，绕堡西奔，再折西北投余庆街，再抄道而回绥化厅交差，此刻已然不能够。这为首马贼竟把全队潜调过来，并且沿岔道下了卡子，把要路口，全行堵住。为首马贼骂道："你们在刘家烧锅藏一辈子吧。你妈巴子除非别走，你只一走，爷爷憋着你呢！"恨恨不已，检点同伴，裹伤设防。

就在马贼布防下卡之时，刘家烧锅的壮丁，在军师指挥之下，用排枪攻打土坡潜藏贼人之处。随后又开炮攻打。打了好半晌，不见动静，他们又受官差的怂恿，竟亮大队，杀出堡外。人多枪利，喊一声，直往土坡攻去。土坡后留守的四贼四马，与堡丁支持半晌时辰。堡丁开枪，他们停击，堡丁住手，他们便发一排枪。一排枪共四响，由这四响，勾引得土堡上快枪、抬杆、火枪，乱哄哄狂击一大阵。容得土堡稍停弹击，他们又逗上一逗，或发排枪，或遣一人登坡探头指骂。这本是诱攻之计。可怜赛诸葛的马二掌柜，只顾走下碉楼，向官差寒暄、道劳、道惊，言外自表功，竟忽略了他的对手，反而中了外面司马懿的空城计。四个贼据守这一道土坡，竟诳了刘家烧锅数百发火药。就在火药乱发，震耳欲聋声中，大队马贼斜抄到土堡西门，横卡住官人欲归之路，悄悄埋伏下了，马二军师一点也没想到。刘家烧锅的全镇壮丁，耀武扬威攻打了一阵，以为贼人势已不敌，旋报告牌头和军师，竟整队出发，开堡门追击逃贼，先开出一小队马队，约二三十骑，后开出一大队步队，足有七八十号人，一鼓勇气，冲杀到土坡。一排枪攒击之后，从四面包抄，把土坡占领，再寻贼踪，已然没了人影。俯察战地，只发现空子弹壳，和数堆马粪。这分明是四个司马懿，跨马弃坡逃跑了。

壮丁大获全胜，立刻齐队班师，由东门杀出，现在绕堡一遭，走南门，过西门而回北门，沿途不见贼踪，杀马贼救官差，奏凯回堡。领队的人齐赞军师妙计，用这种杀四门的战法，居然把贼人打退。牌头吩咐摆酒，款待官差，问官差办的什么案件，是半路遇贼，还是贼人安心劫夺差事？班头周万苍、武师张玉峰说是贼人故意追抢要犯。问要犯是谁？余庆街的官差回答："就是十三道岗的北霸天王洛五。"牌头刘静波、军师马二掌柜不禁一惊。互相顾视道："怎么是王洛五？他不是十三道岗的人物，现开着阎王店的么？"王洛五的势派很大，刘家烧锅跟他算是邻镇，彼此在名，都算是地方上出头露脸的人物，不料今日刘牌头做了招待官差的主人，王牌头竟成了阶下囚。刘静波担起心来，暗遣一个伶俐伙计，给王洛五送去一份好酒饭，说了安慰的话，表面上是善邻叙旧，骨子里还防后患，套交情，留下日后好见面的余地。原来王洛五被捕刚半日，烈日下，踏荒野起解，当不得苦晒，人已改了模样，又一脸沮丧之气，刘静波竟不认得他了。王三巧是个落拓女人，在十三道岗芳名艳布，刘家烧锅却是不晓得她，故此抵面不相识。便是杨氏双环，人们虽然看过她们的戏，如今被贼追赶，连惊带吓，也都失了艳容，满脸带出囚犯相，此刻连赛活猴都押在烧锅客房。烧锅给官差压惊设筵，酒饭以后，官差即整车要走，刘静波拿出辛劳禄来，给所有各官差。官差自然是笑纳，既帮了大忙，又给钱，焉有不收之理。官差齐夸刘牌头真是人物，可称外场朋友。刘牌头又说："王洛五和在下虽不认识，究竟他也算十三道岗的一个好汉，现在也犯了案，他自己受。在下现在有点小意思，拜托诸位，多多关照他。不过诸位要明白，我和他实在没交情，谁也不认得谁，我不过看他落到这一步，怪叫人心上难过的，故此替他铺垫下，诸位可别误会我姓刘的别有用意。"周万苍立刻说："刘掌柜真有你的，你这份居心，咱们常在外面混饭的人，全都明白，你请放心，你这番好意，不但我弟兄佩服，就是犯案的王朋友，他也该知道知道。"

周万苍说着，把王洛五带出来，与刘静波相见，告诉王洛五："人家刘爷念你也是个人物，现在拿出五百两银子来，叫我弟兄替你铺垫一下，你看刘掌柜，真够交情。"意思是教王洛五当面谢过。王洛五心中蕴怒颇深，若不是刘家烧锅助阵，他们党羽一定把他夺回来。如今不消说了，总算自己倒霉，但是当场仍得摆出光棍谱来，满面笑容，向刘称谢，又对班头说："你们诸位不知道，这位刘爷和我姓王的，可算是慕名的交情，谁都知道谁。他帮我，我谢谢，就是你们哥几个，为了在下我，大远的辛苦了，我照样也要补报你们的。官司是官司，交情是交情，咱们都看得开。不过刚才道上，叫诸位多受惊，这是我最觉过意不去的。你没听我嚷么，我告诉他们，办案的是朋友，这官司我打了。他们是关外野苗子，不懂江湖道里的事，还是一味死追，倒闹得我很挂不住，我就此也替他们道歉吧。好在我的话他们总还听，再往下走，管保平安没事了。"

王洛五还是棵硬菜，当场很讲了些场面话，倒讲得刘静波心上很不自在。王洛五话里话外，对刘露出不满，仿佛说，我的官司，我自己当然有打算，无故累得朋友替我着急，太不像话了。又向官差也说出带刺的话，暗示着他本身虽陷缧绁，他仍有潜势力，暗听他的指挥。夹枪带棒说完话，他向刘静波及官人点点头告退。他说："咱们该上路了吧，前途大概好走，不致有枝节了。"他是这样说，官人听了，反觉着口气冒冷风，意含反射。班头李会庭头一个不吃这一套，面孔一整，摔出几句不中听的话："相好的，你看我们哥几个是瞎子是聋子，还是傻子？我们什么都听不懂？"武师张玉峰哈哈地笑着，从旁拆解了几句，说道："朋友来得不得力，王五爷刚才不大痛快，还用说吗？我们该商量动身了。现在天色太晚，到底我们今天还上路不上路呢？"官人主张上路的占多半，张玉峰有心拦阻，又怕人家笑他胆小，想了想道："要走，现在就得套车，前站固然不远，也得多预备灯笼。"冲周万苍说："我想烦这里的刘牌头费心，给咱们拨几个人，最好是猎户、善打枪的才好，一来领路，二来伴行，路上走着也稳当些。夜间走小道，小心遇上狼群。"

余庆街官差插言道："这里附近倒没有听说有狼群。"刘静波忙说："猎户有，好枪手也有，张老爷打算用多少人护送？"张玉峰道："不是护送，简直说吧，是烦他探道。有四五位就够了。"说着，眼望师弟吴宝华、朱天雄道："不是我多虑，我只怕追赶差事的那伙朋友，不肯善罢甘休，这里攻打不进来，也许在前边等着咱们呢。"刘家烧锅的人自矜成功，说他们早把贼赶得没影了，官人们不敢轻信。神枪余永堂忙言道："有这么一虑，等我问问去。"邀着小李太，屏人向王洛五探问，抛开官话，作为私地打听："刚才追赶下来，要搭救你阁下的究竟是些什么人？"这一番私问，可算拙想。余永堂固然绕弯子，旁敲侧击来套弄，北霸天王洛五把余永堂钉了一眼，口角带笑，道："您问这个？"刚才他本已明目张胆，透露话风，承认追赶的马贼是他的好朋友，意在示威，也有点夸声势。此刻余永堂要追问那些人的确实行踪，王洛五可就哈哈一笑，转了轴子。他淡然说道："刚才那一伙，一准是马达子，跟我么，倒也认识，不过恰是死对头。他们吃过我的苦子，他们分明是过路，跟咱们不期而遇。他们看见我王洛五倒霉，打官司了，他们一定要报仇，要绑我的票，把我架到他们窑里去，捞我的油水。他们这才是笨打算呢，殊不知您几位好容易把我办了，哪肯叫他们夺去呢。小子们倒弄了一个拦路劫官差、夺犯人的罪名，叫你们哥几个很受惊，还有受伤的，他们也太胆大了。"一字套问不出，骨子里倒惹得王洛五奚落。

小李太生了气，余永堂也发怒，王洛五脖子梗梗地不服；余永堂翻了脸，小李太要动手。余永堂首先骂道："王洛五，好小子，爷们正正道道向你好好说，你倒给爷们轴吃。妈巴子！"这个举手一掌，那个扬腕一拳，王洛五连吃了六七个嘴巴，打得王洛五双睛直竖，闪闪冒火，大嚷道："余爷，李爷，你你你们太不够朋友，太不讲交情！半路上怎么给我来这个？这里不是公堂，你怎么给我大脖溜！我王洛五现在犯了官司，自从被捕，直到起解，我哪一点不守着难友的规矩了？人有面，树有皮，该花的没少花，我不是不开窍。你们随便问，我有问必答，哪点答错了？往后日子还远着呢，别看一时！"越说声音越大，大喊起来。小李太和余永堂越不爱听，越打得凶，王洛五手铐脚镣全份戴着，虽说不能动弹，没法抵抗，却也被打急，愤然一挺，双手举起来，要拿手铐还砸二官差。二官差一边一个，索性揪住犯人的手，左边一个嘴巴，右边也一个嘴巴，左边一拳，右边也一拳。王洛五十分激怒，破口大骂。同被捕的两个犯人在旁边连声呐喊："爷们留面子，爷们留面子！王五哥少说一句，王五哥少说一句！"

他们在烧锅后罩房内间打成一片，张玉峰、周万苍正张罗上道，都在前院，竟听见喧声，一齐奔来，急急扯住小李太和余永堂。余、李二人也是下不了台，住了手，仍骂王洛五。王洛五两边腮被打得通红，双睛冒火，从鼻孔中嘻嘻地发出冷笑。张玉峰问："这是怎么回事，你们两位为什么一齐动手，这位王朋友，你也是外场人，你别教他们两个做官事的，下不了台呀！"王洛五异常愤恨，仍在冷笑不语，李、余二人只骂王洛五混账："他犯了案，还这么耍戏爷们，给我哥俩轴吃。"王洛五忽然长叹道："二位上差，我领教了！我还得仰仗你们几位，到衙门多多关照我呢。不料你二位一点不留情面。我现在没有指望了，打也打了，骂也骂了，该怎着，就怎着吧。"摇了摇头，表面上做出屈服之状，可是在场的人都看出王洛五神情非常可怕。张玉峰因自己身份关系，不便说话，叫周万苍班头把李、余二人调到一旁，悄悄责备他几句。也只好"成事不说，遂事不谏"，丢下这个碴，先忙着办正事。一切预备好，立刻由刘家烧锅出发上道。走法：是四辆囚车都换了飞轮轻套、坚而快的"草上飞"；张玉峰武师命师弟吴宝华、朱天雄，与四班班头差役人等，押解囚车；张玉峰本人，骑上快马，带了十三太保，提了灯笼，率四名年轻力壮的捕快，和刘家烧锅四个引路的荷枪猎户，先行出堡开道，约定探道平安，囚车方才出发。

张玉峰武师和神枪余永堂、小李太出离土堡，走出半里多地，路上似乎平静，一点风声草动没有。续往前走，也没有发现意外；除了夜风舞动荒草，沙沙怪响，远近望不见一星火亮，听不见丝毫轮声蹄声。这已经离开刘家烧锅三里多地了。张玉峰还往前蹚，小李太心急，说道："行了，不用再往前摸了，回去催差事上路吧。"张玉峰不以为然，问开路的猎户，猎户说："往前再走七八里地，倒有一个地方，是一带荒林，比较不大太平。"因问官差，是否蹚到那里。余永堂、小李太说："那就蹚出十几里路了，再翻回去送信，岂不是来回三十里，就误路程了。"张玉峰坚持要多蹚一段路，命同行官役回去两名，催囚车动身。他自己仍率余永堂、小李太和四名猎户，续往前走。一面走，一面视察四面，对小李太说："这样办，我们在前，囚车在后，既误不了路，也保点险。"余永堂、小李太笑着说："对了，还是张师爷持重，我们都不行。"口气中颇有奚落的意味了。

哪知还没走到荒林前面，便听见林丛中几声马嘶。夜旷声清，边塞人稀，轻易没有赶夜路的，这马嘶太觉可疑。张玉峰武师头一个心惊，喝命同伴："快停！"一齐把马缰勒住，翻身下镫，侧耳倾听。余永堂还有一点"拧劲"，说道："您耳岔了，哪有马叫唤？"可是跟手又听见几声。张玉峰怒道："你不要抬杠，随便你怎么说，我也得察看明白了再走。"几个人驻足在右道旁荒草丛中，留神考察四周。这时月光孤悬在长空，周围吐出风晕，天边只有几颗星眨眼，显得很凄旷。猎户悄声向张玉峰说："张老爷，办案的事，我们可不懂，可是林子里的确是有人了，而且不在少数，足有二十多……至少也有十几名。唵，还有马，足够十几匹，和人数一般多。"小李太道："如果真个的遇上了的话……我总想不至于……我们可以试他一下，给他打个招呼。"神枪余永堂道："待我来！"

余永堂的枪法是很准的，刚才他还抬杠，此刻不敢坚持己见了，他突然挺身而出，往前走了几十步，双眸注视林端。看了一会儿，悄说："是了！"把枪一摘，一顺，一端，就要放。张玉峰立刻阻住，道："且慢！"问余永堂，又问猎户："不是密林中真有了人了么？我们快给后车送信，先不要开枪惊动他。小李，这是你的事，你快上马往回翻。老余，你别开枪，你跟我往前闯，试一试他们究竟有多少人。"又命猎户随同小李太往回退，勉励道："诸位把火器预备好了，多多地帮忙吧。"

哪知，他们看透林中的虚实，林中也早看出他们的动静，而且比他们看得还清楚。小李太和四猎户刚刚地领命上马，才往回走；张、余二人伏着腰，引缰带马，刚刚地要往前挪，林中立刻有了动作。月影下悄悄地从林后转出数人，从步下伏腰疾走，来横剪官人的来路，大队的贼人，悄悄地绕林横进，从正面阻挡官人的去路。小李太掉转马头，刚刚地一放马，空中立刻吧的一声清脆的炸音，同时听见破空声哧哧然怪啸，林中的埋伏竟全部发动。小李太最先放马，也就最早做了贼人攻击的目标。小李太赶紧策马狂奔，子弹从身畔掠过，吓得他狠命的打马，身躯伏在鞍上，这马如一阵风似的，逃向刘家烧锅。四个猎户错落随着他，

107

纵马狂逃。贼人既已出动，张武师倒沉住了气，大声说："老余，看咱们俩的了，快开枪吧！"一齐端枪还击，双方竟隔林而战。林中群贼眼见来人分出五骑，奔回原路，一定是送信勾援。为首贼人忙率众策马，抄道加紧追赶，只留下三四个人，把张玉峰、余永堂远远围住，互开火器遥攻。张玉峰本想诱引敌人，专攻自己，好乘机叫小李太奔回，无如探道官人月走荒郊，通过了贼人沿路所放的卡子，他们的人数和用意，已被贼人历历看明。而且官人在烧锅喝压惊酒的时候，贼人已经派人折回去勾兵。当下，为首的马达子紧追小李太，且追且开枪。马达子枪法甚好，全能跑着马瞄准，小李太险被打中，吓得他狠命鞭马。幸有猎户做伴，不会迷路，紧跑了五六里路，竟与后开的囚车相遇。（那张玉峰和余永堂，竟被贼人包围，没得随后逃出。）

囚车和大队官人得到探道官役的头一次回报，坦坦然然地出了刘家烧锅，灯笼火把照耀着，声势颇壮。小李太被贼追得很窘，远见火光，立和猎户迎上去。一共五个人，五匹马，跑得太急，几乎被押车的前导误认为匪。老远望见，便端枪吆喝："什么人！站住！来人站住！"小李太大声招呼："是我，是我李太，你们别往前开了，后边贼人追来了！前边真有贼呀！"他说的后边也就是前边，周万苍迎上来，见只回来一人，其余四个猎户已然落后，忙问："有多少贼？张师爷呢？还有余永堂？莫非……"没容小李太答话，后边追来的贼人以火器代答了。吧的一声，哧的一响，又是一排枪。周万苍不知贼的实数，感觉深夜荒郊，有贼拦路，以为局面太危险，亟命回车进堡。

后面排枪越打越紧，越追越近，夜旷地野，声势惊人。众官人中刚有人大声说："不要紧，我们闯！"意思是说，贼人本为救犯人而来，当不致纵枪盲射。不料才眨眼的工夫，就听马队有人骇呀，似受了流弹，并且立刻有数匹马惊扰乱窜，吴宝华、朱天雄两位武师，急奔到囚车前，将灯亮打灭，低声喝："不要乱，不要乱，一面迎击，一面后退！"但是二人一片的弹压声，竟镇不住人心的吵扰，好像人人觉得马贼胆敢留恋不走，仍在这里拦路邀截，一定勾来大批助手。又加以夜月迷蒙，看不清虚实，马队中竟有两三匹马往回奔去。奔退的既已有人开端，越发喝止不住，一霎时竟乱了阵势，居然被这数排枪声，打得官人一哄而散，乱糟糟地往回跑。只剩下吴宝华、朱天雄两个武师，悬念着师兄张玉峰的下落不明，犹想挽救败势，各个亮出火器，据地迎斗，吆呼四班班头勿退。四班班头周万苍以下，竟护了囚车，一拥重返刘家烧锅。吴、朱二人又急又怒，无如孤木难支，打了一阵，马贼渐渐逼来，两人只得飞身上马，往后放了几枪，火速也退回去。

囚车已入刘家烧锅街里，立刻登堡备御。全镇壮丁慌慌张张放枪，军师马二掌柜更亲自登上堡墙，指挥炮手。实际只是空忙了一阵，马贼二番邀截，竟没有穷追，只跟了一段路，便远远地停住，时续时断地放了几枪，忽又退走。烧锅这边大大地轰轰了十几炮，抬杆火枪发得更多。挨到天破晓，枪声渐住，登高瞭望，连个贼影子也没有了。遂派人在外搜了三四里，仍无贼踪。官差检点人数，囚车囚犯幸无伤失，押差隶役从马上摔伤了一名，受误伤的二名，被自己火器炸伤的一名，幸无死亡。但最糟的是武师张玉峰、捕快余永堂，当先开道，遇贼断后，至今没有退回来，只恐是凶多吉少！

武师吴宝华、朱天雄、张玉峰是患难弟兄，同列一个师门，又同是关里人，非常地关切师兄，要出去找寻。而且囚车起解，既经两次追截，前途简直必仍有马贼潜候，总须再去侦察一下，方敢动身。遂与班头李太和，三人结伴，带一个引导人，骑四匹马，一同出镇。周万苍班头就看守囚犯，暂留刘家烧锅，等候结果。四个人试一步走一步，直奔到那座夜行遇阻的丛林前边，下马察看，竟未发现张玉峰、余永堂的踪形。吴宝华、朱天雄都有些心慌。转想人若遇难，必有遗尸，除非两人活活被掳，人和马多少总能留点痕踪。四个人商量着，策马直闯树林。刚刚地越过一道土岗，望见一条人影。塞外荒旷，罕见孤踪，就有行旅，也都是结伴成行。四个人一齐耸然注视，互相惊告道："留神那边土岗！"一言未了，吧的一声炸音，咻的一溜破空声。人方一震，朱天雄那匹坐马，猛然受了惊，往斜道上横蹿起来。吴宝华大喊："有警！"土岗后丰草中，丛林乱枝纷杂里，蓦地出现若干支火枪，映日闪光，喷出硝烟，又遇上拦路贼卡。

四个人寡不敌众，霍地带转马头，往回路退却。却各将手中火器背手一顺，照着敌弹来处，且还打，且后退，展眼去远。独有朱天雄，马惊横蹿，路线绕远，稍稍落后，好容易紧勒马缰，把马勒住，两路潜伏的马贼已有一部追赶过来。四个人唯恐陷入伏中，一面纵骑狂奔，不时回顾追兵，一面仍要提神注视归路草丛，怕遭他们迎头截堵。如此狂奔出一里多地，马贼忽然又复退回，不再追逐了，沿途也没有别的埋伏。四个人深觉侥幸，同时又很沮丧，怏怏地往回走，未进刘家烧锅有二三里，便迎上第二拨出来探察的人，抵面说明，回归烧锅。吴宝华擦着汗说："怎么好？马达子还在那里等着囚车呢，我们张玉峰张师兄，还有余永堂，也不知到底怎样。想不到关外马贼这么厉害！想不到王洛五竟有这大的势力！周头，这差事竟解不走，你有什么招？"几个人都很着急，七言八语，商量起解的办法，有的人主张派人回厅禀报，先请大兵剿匪，再请派拨兵押解。周万苍道："也只好这样。"几个官差忙打了禀驰，一份就近给余庆街经历，一份专递绥化厅通判。俟到夜晚二更天，推定两个年轻力壮、健步善走的捕快，改变农民，悄悄溜出土堡，绕道摸黑请援去了。

谁想驰报的人前脚刚走，后脚土堡北门便来告警。而且是悄悄重来，大队的骑马贼一点火亮不带，摸着黑围上来的，直迫近土堡半里之遥，方被巡哨的本镇壮丁听出蹄声，发现行踪。全镇立刻鸣锣纠众，立刻登堡备御。这一次重被攻，防备得很严（本来没有解严），可是人心很惊惶，认为马贼苦缠不舍，明知故犯，已非偷袭，一定是又邀来大队马贼了。军师马二掌柜很着急，催炮手快开炮示威，大抬杆也一排一排不断往下打。黑影中辨不清贼人实数，但听蹄声绕着土堡打。在北面放一排枪，又绕到东面放一排枪，然后又绕到西面，再转到南面，居然想来杀四门，刘家烧锅的火药消耗得很厉害，贼仍然纠缠不退。堡上停住了枪，马贼又迫攻上来。堡上认准马贼来路，发炮猛击，马贼却又悄悄撤退。直打到三更以后，月光上来，方才隐隐约约看出贼骑游走的影子，好像是比昨日增加人数了，并且好像是也有马贼，还有步贼，正不知从哪一方绕来的。枪声断续，苦苦相持，到了四更天，还闻吱吱的鸣笛之声，贼人竟收队而去。这一回牌头刘静波、军师马二掌柜奋然对众说："这不行！我们得追他！他们欺人太甚了！"立刻下堡楼，集众列队，开堡门追杀出去。绥化厅与余庆街的官人，也挑出数人参加战事，一同追出。只追出五六里，便又停止。人家是马贼，烧锅多步队，人家的马良，烧锅的马劣，越赶越落后，军师无可奈何，传令收队。这一闹已到天大亮了，堡中怨声载道，这分明是收留官人，才触怒马贼，害得空耗子弹，不由得迁怒到官人身上了。官人也不痛快，堡中既有乡团，何不出去剿匪？怎么才赶出那么远，就折回来了？这都是心上闹别扭，面子上彼此还维持着，既然官差又走不了，烧锅只得再摆上酒筵，连官面带罪犯，一同款待。早饭吃罢，刚喘了一口气，壮丁还没有解散，东门上又来告警："马贼又来了！"跟着便听见一排枪，随后又听见三声炮，堡楼上的土炮，再和卷土重来的马贼打起来。相隔只半里，众人一齐持火器登堡。正在白昼，赤日当空，踞高远望，历历分明，据测足有二三百名马贼，占据一道高坡，借坡掩形，伺机硬来爬城。军师马二掌柜和牌头刘静波，又懊丧，又惊恐，同时又怨恨官人把匪氛生生给勾引来，好似嫁祸一般。可是仍得督同壮丁，不惜子弹，与马贼叮当着打。马贼的攻城法，非常狡猾。在这面攻一阵，突又转到那一面，下了马只放一排枪，便又上马转到另一面，意在混骗堡中的火药。果然只两天工夫，堡中便将火药耗费去储存的一半，正不知贼人纠缠到何时方休，涉念及此，堡中人个个着急，深恐弹尽援绝，被贼人攻进，势必恣意焚掠。马二掌柜在城楼上督战，一时又奔下来，找到官人，钉问他们，派去求救的人是否可靠？准到得了否？能够把救兵立刻调来不能？问了一会儿，又找到牌头刘静波，私地计议："若情形不好，等到天明贼人再退时，想把官差打发走了，教他离开咱们这个地方，马贼就不来寻咱们了。"主意自然不错，又怕得罪了官面。两个人重又上了城楼，观战窥情形。这时情形还是和刚才那样，马贼响了一排枪，忽又停住，黑影绰绰，从南面绕到西面去了，枪声总是那么零零落落，乍停乍作。

这时候，月色渐沉渐黑，离着天明还早，刘静波熬了两晚，晕头晕脑，下去躺着去了。只剩军师，在堡楼看了半晌，对炮手说："大家留神，这一黑夜可不好，贼人怕来爬墙。"这个确如他所料，天色一黑，乌云遮月，西北角堡墙上，突然枪声大作，是

112

堡中抵挡的声音，也就像是马贼攻到墙跟前的情形。军师说："不好，西北吃紧，快调炮，快打！"炮手一律调向西北，大抬杆也照样。但是这土炮全是远攻之器，御近殊不得用。军师爷亲自上堡墙，亲自指挥持火枪的壮丁，由各方面齐往西北驰救，官人捕役一齐助阵，都奔了西北，西北角轰炸声大震。约过了数杯茶时，忽然觉得墙外已没有声响。军师大声地喊嚷，叫堡中人停枪，别人也帮着嚷，方才嚷得住了枪声，忙竭尽目力耳力，往下窥察："贼人又走了？"军师问守西北的人："到底看见什么了没有？"西北角的一个守望壮丁抗声说："怎么你老还问看见没有？简直差点叫他们爬上来！"又一个守望说："一共三四个，好像背着匣枪。"手指一段堡墙道："由这里越过壕沟，直爬到那里。"比比画画，正说到吃紧，此处才停火枪，不想东南角陡然发了一阵清脆的排枪。众人中有人叫道："不好，贼人这是声东击西！赶快救东南吧！"众人立刻由堡墙更道上，弯着腰，往东南绕。

众人到了东南角，东南角的枪声已住。伏伺好久，外面再也没有枪声了，细细地远近辨察，外面更听不见马嘶和蹄声。众人又提心戒备一会儿，夜影渐淡，堡内被震惊的鸡狗，本来乱啼，此时狗不再吠，鸡竟报晓。军师马二掌柜方才明白，贼人故意拉锯，此时又潜退了。军师这才留下守望的人，传令收兵解队。人们都熬得心烧意乱，男男女女七言八语，怨天恨地，露出不稳的情形来。

官人自班头周万苍以下，又恨又怒又担心，齐骂："王洛五这王八蛋，想不到有这么大的声势，我们得收拾收拾他，叫他想法子给咱们退贼。"军师马二掌柜也想到这一招，悄悄建议给官人，官人欣然以为妙计。立刻提出王洛五，重新盘问。王洛五脸上露出十分的得意，仍是一推六二五："我再想不到打了官司，

113

又遇上了贼，叫我有啥法子呢?"好哄歹说，王洛五一味推脱，众班头怒火，狠狠地折辱他一顿。李会庭发出威吓的话:"贼人若再来，我一定把尊驾绑上城头，拿你挡炮眼! 你小子听过冀州城这出戏没有? 爷们一定这么办。"王洛五这家伙宁死不弯，嘻嘻冷笑道:"我王洛五不过狗命一条，能同诸位上差同生共死，我太荣幸了。反正随诸位的便，若叫我退贼也不难，却不是这样做法。"周万苍瞪眼说道:"姓王的，你要怎样的做法呢? 你要充光棍，你死了这条肠子吧，我们决不叫他们把尊驾救出去。实在没办法，爷们还会杀死犯人，骑马一走呢。爷们跟你说好的，你要识趣。回头贼人再来，我们准把你阁下架上更道，那时专看你的了。你要明白，趁早叫他们撤退，你若是找不痛快，爷们对不起你，可要给你小子插蜡灌尿了。"王洛五一听这话，惨然变色，苦刑可受，这却是一种毒虐，一种侮辱，叫人没法承当。王洛五还试着支吾，捕快想法讨来一支蜡。王洛五再说不起硬话，只可低头。愣了半晌方说:"诸位，不是我不懂面子，他们想截我，究竟是我的朋友，还是我的仇人，我实在不知道。就算他们准是朋友，准是想搭救我，我和他们不能对面讲话，我就想劝他们少给我添罪，这话可怎么达到他们耳朵里去呢?"周万苍、李会庭齐道:"只要你肯，我们自然有法子呀。"两人全换了面孔，把王洛五哄了一顿:"只要退了马贼，厅里的官司，便请放心。"

王洛五假装顺心，也接受了。两个班头遂与同伴商量了，又和烧锅的刘、马二位说了，刘、马二人很喜欢，忙说:"这法子很妙，就请诸位快办吧。说实在的，咱们可真跟他们耗不住了; 子弹火药耗费得太多，再打下去，此堡一定难保。现在堡里人就七言八语，真怕生出别的事故来。"大家意思全同，遂聚在一处，盘算第二步办法，怎样叫王洛五跟马贼通话，没等盘算停当，瞭望的人又奔回来报警："贼人又从堡东绕攻过来了。"众人一齐怒骂："这群马贼竟这样死缠不休! 太也胆大了!"大家慌慌张张上了堡东围墙，把王洛五松了脚镣，仍戴着手铐，到东围墙，藏在更道后，预备与贼人过话。刘静波和周万苍，各举千里眼，往东边窥望，军师也出场，捕快也全到。马贼远隔在数里之外，只望见尘起，被一道荒林隔阻着，看不出人的实数。众捕头带火器来到东面后墙，要看王洛五如何对贼说话，刘静波对周万苍道："贼人距离远，够不着说话；距离太近，够着说话了，又怕他们假装答话，一拥而上，硬来开枪抢堡，这该怎么防备才好?"周万苍也没有别的招，皱眉说道："只好冒着险，试着来，我们可以叫一个人拿着白旗，先跟他们讲开了，然后再叫王洛五露面对讲。"至于防备意外，军师马二掌柜说："我们把枪炮摆好了阵，严阵等候，王洛五说不退他们，咱们就开火。"当下照这办法匆匆布置好了，东面出现的马贼渐渐扑向土岗，乱蹄践踏之声殷殷如雷，越来越大，浮尘冒起很高。官差和烧锅中人踞高而望，觉得马贼声势较前更大，人们都有些心慌，忙偷看王洛五，也正凝眸远眺，脸上露出一种难测的表情，有时又透怒容，他一定把官人恨透了，叫他说劝马贼，正不知法子是否妥当。

正观望着，林外马贼蹄声越近，却仍没有冲上来，也没有发出探路开道的谍骑，竟在林后迟迟盘旋，好像他们正做什么打算，又测不透他们打算怎样。堡中人很可以迎上去打，至不济，也应该打发探子过去察看，他们竟因连遭围攻，弄得心胆已怯，又抱着挟犯求和的心，眼睁睁在堡上张望着，坚守不出来。……

转眼间，林后面情形一变，枪声大作，人马奔驰。赫赫，危局顿解，贼队动摇，想不到闻耗驰援，剿匪护犯的官军居然开来了! 双方立刻起了接触，马贼且打且退，堡中人兀自迟疑着，不肯开门夹攻。赶来剿匪的，是镇边军大队。被打退的，果然是截救王洛五的马贼。双方相隔一里多，便开了枪，当然马贼有了撤退逃走的空。

这马贼是王洛五的死党，既不曾把王洛五拦路劫回，一直追到刘家烧锅，又攻堡未成，他们派人回去勾兵，大队马贼就乘夜偷袭邻庄。距烧锅十数里，有一无名小庄堡，只住三五十户人家，武器不足，壮丁又少，被这伙马贼，猝手不及，一攻而入，占领全庄。所有壮丁全缴了械，上了绑，又四面布岗下去，正堵住官差起解必经之路。这小堡也在一带荒林之后，武师张玉峰、班头余永堂一行，驱马探道，恰被他们阻林扼住。这马贼大队冲出来拦路，续来的贼队也已赶到，一共超过百十人，声势很大了，竟把二番起解的囚车，重打回烧锅去。他们贼党一时失计，没把张玉峰、余永堂二人围住，这两人枪法都准，胆子又大，骑的又是好马，竟乘昏夜，落荒夺路，闯过了他们的卡子，直奔到余庆街。见了经历，具说伙匪劫差，官人被围之事。经历大惊，立刻请兵迎接押犯官人。余庆街本驻扎三四百名镇边军，由经历面见管带，请他即刻发兵。这管带官还想禀报上峰统带。经历又说：囚犯和办案差人现时都在匪人包围之中，必须急速驰援，若往返行文，必误大事。管带官是个壮年人，办事还不猾，当下传来两员哨官，抽调二百名兵，亲自率领，星夜赶来。官军调动大队，首派探子改装侦探，次日一员哨长，带五十名弟兄，作为先锋官，当先开路，末后便是管带亲率大队了。四个探子出去数十里，由农民口中探知马贼现在无名小堡盘踞，官兵立刻往无名小堡进发，距这小堡还有七八里路，先锋队和马贼的放哨兵开了火。贼人哨兵打了一排枪，立刻退回无名小堡。小堡此时竟是空的，马贼大队已与续到的贼人援兵合作一路，又去攻打烧锅去了。镇边军很容易的克复了无名小堡，把被囚系的土民一一释放了。管带即在小堡驻下，先锋队立即紧逐贼踪，赶出堡外。大队马贼刚刚向烧锅进发，遥闻枪声，已知根据地有变，旋即见放哨的贼党、留守小堡的贼党，陆续退逃过来，始知机会不凑巧，镇边军前来打岔。他们不知道这是绥化厅捕快官人召来的救兵，还以为官军又来清乡，彼此不期而遇。好在一贼未伤，他们就要收队，却又不死心，到底绕奔刘家烧锅，重来抢堡。他们还没迫到烧锅堡前，镇边军已经跟踪追来，双方登时开了火。

先是官军的先锋队，和马贼的后队，相隔半里地，交起仗来。先锋队的领队官某哨官，急急退踞险塞，命官兵伏在土坡后放枪。同时派谍骑驰回报告，并请管带进兵。管带忙带大队，从斜刺里杀进来，一面是策应自己人，一面是采包抄之势。也是照样，遥望贼踪，辨明枪响的方向，便即散开队伍，开枪还攻。有了火器，战法自然起了变化，再不似从前那样长枪利矢、肉搏进战了。这管带唯恐多伤部卒，无法交代，距贼很远，便命旗鼓手，把铜号战鼓吹敲起来，把一对一丈见方的门旗，也远远竖起来，令贼人望而生畏，好望风退逃。果然这一片洋洋的铜号声，非常有效，和张良的箫也差不多。铜号浩浩地吹过数通，群卒随声喊杀，声势异常惊人，这群马贼起初还和先锋队抵抗，等到一望见门旗，又听见铜号，为首的马贼方才晓得，镇边军大队来剿，这应该"留面"，吩咐部下："走！"官军放了十数排子弹，马贼还了三五排子弹，便住了手，把枪一背，悄悄拉马，退出火线，悄悄绕荒林逃走了。官军还盼望刘家烧锅内的官人和乡丁，出来夹攻，不意全部马贼退走了半个时辰，瞭望的人也看见了，可是烧锅的堡门仍在紧闭不开，官军放了一枪，往前攻了一段路，先锋队带队官满身征尘，禀见管带，报告："贼已击溃。"

管带传令先锋官稍息，命另一个哨官，率队追缉逃匪，便亲自率大队，开往刘家烧锅。绥化厅的官人，武师张玉峰、班头余永堂，随着大队一同进了堡。堡中人这才晓得，求来救兵的，竟不是事先派去的急足，反是开道失踪的张玉峰。刘家烧锅二番开筵，款待官兵。这一下子，刘家烧锅虽没被贼攻破纵掠，可是损失甚重。比遭抢也差不多。一来是子弹的消耗过甚，二来是先招待官差囚犯，再招待官军兵弁，人数又太多，足有三百号人，整个镇甸都变成行营，家家民宅，都腾出三五间房屋，请弟兄们住。弟兄们是大肉大酒，足足地吃喝。一边盘桓了五天，直等到四出清乡的兵弁，分头回来报告，地面已靖，又等到追蹑股匪的哨兵，追出一二百里，把贼追没了影，回来报说：马贼全部溃散，投入边荒。管带官这才传令收兵回营。

　　绥化厅的官人，就请管带拨兵护送囚车。管带官命一员哨官，率一百五十名镇边军，好好地护送到余庆街，又由余庆街护送到绥化。所有往返军旅之费，照例"据实报销"，由厅里补了檄调的公文，并发出清乡的捷报，管带官大喜过望。此行剿匪护犯，收获不小，不但刘家烧锅商民人等恭送万名伞、万名旗和貂囊、鹿茸、烟土，还由上司那里批准了报销，真所谓名利双收了。想不到王洛五这家伙，会惹起这么大的风波。至于那天晚上探道遇贼失踪的四个猎户，直等到官差押囚犯起解，方才露头。原来他们一听见枪声，就各奔前程，跑回自己家去了，一个人也没伤。

　　王洛五终于在绥化厅过了堂，他的威焰至此全消。若依案情，照王法去审讯，则王洛五的罪名太大，尤其是身陷法网，犹能鼓动马贼拦路劫夺，并公然与官军交战，目无法纪已极，实已触犯叛逆大罪。不过叛逆大罪，最不便于上详，如果据情上详，

118

这都省势必往上奏报，那就花销太大，牵涉太多了。头一个便是将军不愿意，第二个便是文通判新任官，没有那些钱去打点铺堂。所以，文通判和师爷秘计之后，又与镇边军管带捏好了词，把那王洛五掠夺妇女一案和马贼劫夺要犯一案，拆成两案，分别办理。马贼一案只算是寻常的清乡，好像与王洛五毫不相干，这就容易收场了。王洛五真是刁民，他也就公然窥破官厅这一个弱点，晓得堂上讯诘自己，如果上详，必须先和自己串供。他就咬定牙根，苦苦地狡展，意思是说，他可以据实全盘招供，却不肯替官面回护匪案叛案，他情愿打叛逆官司。为了这缘故，惹起官方之怒，王洛五很受了许多苦刑，他仍然不肯顺供。

过堂的这天，原告杨班主，被告王洛五，被霸占二女杨金环、杨玉环，分两边跪在厅衙二堂。文通判亲审，原告自然是指控王洛五霸占戏箱，霸二女，逞强恃势，逼死杨班主之妻。被告王洛五却一口抹杀，说杨班主挟嫌诬告："实在是杨班主欠了我的钱，久赖不还，情愿把二女嫁给自己为妾，一来折债，二来还要沾光。堂上不信，他夫妻俩先日就住在小民店内，当外老太爷、外老太太。不幸老岳母一死，岳丈丧尽天良，要陷害姑爷。堂上如不信，被告我有人证，也有物证。"人证是他的党羽，物证是他早先伪造的字据。杨班主为人懦弱，王洛五口若悬河，头一堂王洛五不但把原告驳倒，并且连问官也被他一顿狡辩，弄得头晕眼花。文通判大怒，把惊堂木一拍："好一个刁民！打！"打了四十板，收监，紧跟着又过第二堂。一连数堂，王洛五既利口饶舌狡辩，又顽皮，能抗刑责，问官对付这样犯人，好像没有办法。

但是塞外是天高皇帝远的地方，地方官很有自由处置案情的权威。文通判见犯人如此狡展，即请文案师爷，商量办法，结果，按照老例，停止审讯，把王洛五一案搁置起来，犯人呢，就监禁在大牢中。从此犯人永远不过堂，旧案永远不重提，于是王洛五就这样瘐死在绥化厅了。他的党羽，也就落到树倒猢狲散的地步，又经官军一再清乡搜剿，渐渐溃散。王洛五的势力，既已一点不剩，而王洛五的名字也就渐渐不被人提起，偶尔提起，也只当古语说说罢了。倒是被霸占的二女，杨玉环、杨金环，倒落得有声有势，被当地一位有力乡绅，俟案情冷落之后，量珠聘去。那杨班主照样做了外老太爷，却不是土豪，而是富绅的"舍亲"了。那唱武生的赛活猴，跑前跑后，空费了许多气力，妄想续旧欢，纳杨玉环为妻，实际贫不斗富，纵把王洛五扳倒，美人仍归了别人。于是赛活猴照旧唱他的戏，后来竟惨死在塞外。有人说，是被王洛五的党羽暗算的；有人说不是。不管是不是，赛活猴却是肋下一刀致命，反倒死在监毙的王洛五的前头了。天下的事一向是这样无情无义更无理！北霸天的故事就此了结，武师张玉峰照旧在绥化厅衙门办事，不久，又出了捉拿土皇帝的一案。

第六章

探地下皇宫捕混元皇帝

这个土皇帝姓徐，家住在徐家园子，本是当地富户。年约四五十岁，拥有百顷荒田，数座青山，户大族众，雇工很多。他的先人原也是由滦州一带移往塞外开垦的良民。不幸徐立方是个持斋念佛的人，好诵太上感应篇，好读玉皇宝历，本是袭父祖的余荫，他偏偏自信福命甚大，受仙佛保佑，所以至此。所谓"积善之家，必有余庆"。他把自己的诵经修庙，斋僧施道，看作积善积德。骨子里他待承乡邻雇工，本以吝啬出名，他却自以为那是勤俭持家，理所当然。他行好乐善，竟行的是这种好，乐的是这种善，实在是走入魔道了，却妄想获得金丹大道。金丹大道，给他种下了杀身灭门的大祸。

塞外本来僧道少，这一年，忽然来了一个募缘的异僧。这僧人能够单掌开石，又会练金钟罩，以至于拘鬼妖，跳神扶乩，样样全成。乡愚一向是有病不求医，专要求巫的。这和尚给当地另一个土财主治好了膝下唯一娇儿的邪怪病，引得当地人把他看成活佛，恨不得家家把他请出供养。那就惊动了信佛好善的徐三爷，派人去请这和尚，要同这和尚盘盘道。这个和尚也有四五十岁年纪，生得肚大腰圆，赤红脸，秃脑门，红中透亮，而且"鞍马一新"，穿新僧袍，衣履齐整，倍觉够样。等到高僧延到，和善绅会面，共谈金丹大道，这两个人竟十分投契。这高僧是北直口音，自称在五台山出家，法名圆照，是佛家子弟，却说起超凡入圣、三教皈一的大义。举凡道家的炼丹、辟谷、长生术，拳家的气功、内功、外功，佛家的寂静、虚无、真如，他都糅杂来混为一谈。而且其中还有变戏法、幻术、吞刀、吐火、白水画朱术、素纸现奇字，种种怪诞不可究诘的妖风巫术，都被他装点起来。徐三爷本是塞外土财主，哪里见过这种怪人，更没听说这等怪事，几乎把圆照和尚看成活神仙了。而圆照和尚也自居有半仙之体，殊不知半仙之体，便与佛家涅槃之义，隔绝千里。圆照和尚完全是一种游方卖艺的技人，胆大敢言，居之不疑，实在他也有几手看家本领，混饭的敲门砖。徐财主亲自试验他，他自己正要奋勇卖一两招。有钱的人无求不得，所缺欠者只是寿数。圆照和尚有延年益寿之方，有龟息却谷之术。索静室一间，备蒲团一个，香炉一座，余物一概不用，只须把静室予以特别改筑：将门窗全塞，只在屋顶偏东，留一圆穴，以延东方乙木之气。东方属木，主于长养，可养成生人一团浩然之正气，另在西壁留一小玻璃窗，好教信士参观。静室既弄妥，圆照和尚穿阔大的僧衣，捧一个木鱼，提一百零八枚念珠，进去打坐。这念珠足有核桃那么大，呈紫檀色。一百零八个是很大很长的一串了。圆照和尚便在静室趺坐，手数念珠，口诵佛号，请徐立方把进身之门，用泥土封了。这样，就只留出屋顶一窗洞，西壁一圆穴，既没有灯火，屋内当然暗昏昏的了。可是那圆照的坐处，恰好对着屋顶天窗穴，窗穴透阳光，正可望见和尚的秃头和肥脸。他腰板挺得很直，口中念念有词，低不可闻。屋中一片黑暗，把和尚的肉体笼罩了，越显得幽怪动人，越显得和尚的脸肥眼珠亮。和尚一面念佛，一面数念珠，果然坐了七天关，一物未食，只偶尔喝些清水。约定试验一百零八天，是为大成。只试了三七二十一天，是什么小乘之数。和尚在黑屋中诵声朗朗，毫没有饿坏了的样子，而且越囚越有神气。徐施主偷窥圆穴，借暗淡的一隙阳光，看和尚的容色，并没有饿坏，已使他五体投地，不胜心折了，再也不必多试，启请和尚出关。和尚高诵一声阿弥陀佛，真个舌绽春雷，像个大花脸。等到刨开堵塞的屋门，他便鞠躬如也，缓步走出来了。两条腿并没有麻木，不用人搀扶，到底真有功夫。不但徐施主敬服，连邻舍闲人也称赞颂扬不休。只有一节，那一百零八枚的核桃大的紫檀色念珠，竟不够尺寸了，不足一百零八个了。有人说，那一百零八个念珠，乃是牛肉干做的。一个念珠，是四两精牛肉块，煮熟，晒干，切成圆球形，涂抹上一种颜色，制成了串珠。一个串珠便可搪一天不饿，一百零八个，便可度过三个半月而有余。这却是后话了，徐财主已经全家被戮，失了时效，无救于妖妄之害了。

从此，圆照和尚竟成了徐财主府上长期供养的替僧。圆照和尚募请施主，给他修庙，徐财主就答应给他修庙。圆照和尚要筑坛诵经，朝拜南北斗，给善士消灾延寿，徐财主就捐金起坛场。和尚是僧侣，僧人而朝拜南北斗，就好像老道要念心经礼佛祖那么乖古，涉知内典的人会窃发一笑的。可是在塞外穷荒，竟遇上了徐财主这样的识主和信士，不以为离奇可笑，而以为僧道儒三教算来是一家。南北斗是天上管生死的神，和尚为什么不可以礼神？他本就不晓得道巫的冥伯、列宿和佛门的诸天神、诸地狱，截然出于二途。他只听见这样一个怪和尚的信口胡诌，又惯常听见门馆师爷冬烘秀才的冥报论，纳九流于一轨，化三教为一炉，连孔圣人还是佛门儒童菩萨，那么太上老君西出化胡，当然也是尊佛的了。而且徐立方很有钱，有钱则财大烧身，第一盼望有寿数，第二盼望有威势，第三盼望还富上加富，贵上加贵，永保富贵，骑鹤下扬州，立地成仙。塞外荒旷，土匪出没无常，官军剿匪，难免勒索民间，一般良懦若徒富而无权势，免不了受官面的气。土财主自有土财主的苦处，这徐善绅生平就教官面拿过两回大头，不但耗财惹气，险吃冤枉官司；而且被豪吏唆动冤家，狠狠咬了他一口。他为此气不出，心上又很害怕。既然两次被捉大头，难保没有第三次、第四次，乃至第多少次。因此他很盼望子弟们能够有出息，进学，中举，做官，好拿出书香官宦的门风，来抵挡地方上的骚扰欺凌，好来保护自己的产业。无奈他的子弟又都是庸才，强巴结着进了学，再往上考，怎么也考不上了。万分无法，才给捐了监，若想捐官，竟苦于无门路。但是徐立方要想一洗土财主的心是很热的；也曾攀附过地方官，地方官拿他当肉头，只想啃他，不肯援引他；他想由富而贵的野心，终于怀之多年，没有做到。地面上欺负他有钱无势，种种明亏暗算，他受过不少，他越发起了"热中"的妄念了。偏偏这时来了这样一个妖僧，信口妄言，既能配仙方，炼金丹大道，制长生不死药，又夸说善识仙机，能望气，能相面，盛称徐善绅生有异相，乃是大福大贵的人，"尊驾的后福，不可限量"。盘桓日久，圆照和尚到处妖言惑众，对徐财主的近邻，盛夸徐财主是有后福的人，又举出例证来，天天这样宣扬，近处愚民渐多相信，人们也就把徐财主当作有大福命的贵人了。徐财主忘其所听，只觉得自从收留和尚之后，附近乡邻对自己渐渐刮目相待，他也就炽起野心。第一步，受妖僧的蛊惑，虽还没有僭王图叛，徐财主已经公然纠众创教。但是创教纠众，已然触犯刑章，为清朝律条所不容了。其祸至于砍头，还不至于抄家。

不幸这时又来了一个妖道。这个妖道自称是终南山炼气士，善知过去未来之事，仰识天文，俯察地理，诸葛亮、刘伯温都是他的老师。他这是从关外游方，游到塞外，看出这徐家园子地方，有王气出现，为了扶保真主，他特来访求潜龙。经过辗转传说，这道人先和妖僧圆照会了一面，两人密谈一通夜，次日又求见徐财主。刚刚一对面，便口诵无量佛："善哉善哉，山人寻访真主，已经多年，不料今日在此地得遇万岁！"当下，一派胡言，把徐立方拍得晕头昏脑，而且和先来的圆照僧也谈得志同道合，两人全是不知死活的妖人，结果三个人关上门商量造反。

　　道人的法名叫作刘真庆，他实在是一个大妖人，先在热河烟筒山做耗，煽动上千的愚民信奉他的邪教，渐渐欺压不信他教的良民，渐渐绑票诈财，把事情闹大，经官兵围剿，他才逃窜在绥化厅内。本已穷得一塌糊涂，他的妖言惑众的招数没地方施展了。他就卖野药，顶香画符，苟延残喘，一路乱逛，来到徐家园子，才听说本地首富徐立方家，现养着一位和尚，也会画符治病，还会配长生不老的仙丹，好像那排场比刘真庆阔多了。

　　刘真庆心中大动，想不到绝路逢生，我的福命应在这里了！他立刻把私藏的余财掏出来，换了一套新行头，把徐财主和圆照僧的关系和结识的缘起，都打听明白，他就登门求见。

　　圆照僧是个色厉内荏的小妖人，刘真庆却是个敢作敢为的大妖道。为人健谈，口如悬河，相貌更好，赤面长须，飘飘欲仙，而且久跑江湖，深识人情。当天一夕话，先把圆照抓住，每个人都炽起了大干的野心。圆照的本领是假的，刘真庆却有真玩意，他会技击拳术，外面用幻术巫术做掩饰，连圆照也被他骗信了，以为这人真有仙法。

　　而且徐财主门下还有一位门馆师爷，姓金，叫金联元，看他名字这样俗，就可以想见他肚里装的什么货，真是个三家村的村学究，徐门子弟考不上举人，也就是受了他这位良师学问太好的影响。这位老师一肚子三国演义、彭公案、水浒传、西游记，头脑冬烘已极，还自以为怀才不遇。在徐家教读带管账，应酬地方隶役，喝上两杯烧酒，悬想当年的诸葛亮，他还盼望有朝一日，出茅庐大阔一下。也就是他这样才学，才能在徐府啬蓄鬼门下久处不去。他虽然自负奇才，却是天性胆小怯上，尤怕财主；见了徐立方饭东，唯唯诺诺很恭敬，徐立方有时听他讲今比古，也以为金先生学问渊博；土财主和村学究居然宾主很相得。宾主纵然云天雾罩，侥幸处在边塞山洼里，不会惹出是非来。但等到妖人刘真庆和妖僧圆照一齐收为徐府的清客，可就滋生出事故来了。

　　一僧一道一秀才，自以为佛道儒三教归一，若不轰轰烈烈干一下，未免虚度此生。这佛道儒三大国师，聚在一起，就把徐立方送了忤逆。

　　刘真庆善观天文，能掐会算，又能避枪炮火药。他有一部《三官宝录》，如果把这部真经飞用熟了，真有肉体飞升，成王成仙之望。他说，可惜他有仙缘，独无仙财，而且仙骨也不够。唯有徐善绅，后脑勺生着一块仙骨，既然家资富有，便又有了仙财。又遇见这一僧一道，这当然巧逢仙缘了。因此，刘道人和圆照和尚劝徐饭东，赶快掏出腰包来，一面炼仙丹，一面谋王业。"主公，你的造化太大了！"

　　刘道人有三道灵符，可以拘神遣将，又能生拘人魂，法术无边。两个妖人和一个土财主，一个村学究，天天聚议，居然这一天也在后园焚香聚义了！又是三国的桃园，又是水浒的梁山，歃血订盟，结为生死弟兄，共举大事。

　　徐立方为大哥，为真主；刘道人排行居二，为护国神师；圆照和尚居第三，为保国圣僧；金馆师居末为四弟，为开国军师。随后祭告天地，誓共生死，共谋大事。

几个人天天密议，既想创教开国，便该招兵买马，徐立方大破悭囊，把祖先积蓄的钱财，像流水似的拿出来，延揽人才，传布教义——据张玉峰武师说，这事大概也有些"合该"，听事后的传说和犯案时的供状，徐立方忽然发了一笔邪钱，平白获得二三十万白银，他就越发花着不心疼了，而且由此证明，天赐巨财，天命攸归，兴王图霸的野心越发炽热。就是刘真庆和圆照，真实不过是骗财主，吃秧子，弄到后来，鬼迷了心窍，居然真要扶保真主，拼命大干起来。

这样看，徐立方发了邪钱，越发引起妄念。但也有人说，并不是他掘着那个地方的藏锢，实在是徐立方招延贤才的结果，从奉天弄来了几个造假银子、制假票子的匪类，居然在徐家园子大量造起假银锞子，满处行使，因此筹饷有术，造反日有进展了。

徐财主的做法，受二位国师的指引，是先传混元教。等到信徒入彀，方才设法告诉他实话，量才器使，封他一个大大的官职。边荒僻隅，民智未开，也不晓得利害轻重，只过了六七个月，徐教主获得了数百信民。他的做法也和寻常邪教一样，言说本年运逢阳九，天降大劫，天塌地陷，海啸山崩，疾疫流行，人死过半。只有一条可以免灾，就是信奉他的混元教。信了他的混元教，有灵符三道，可以逢凶化吉，遇难成祥；信了他的混元教，还可以救穷，发大财，长生，多福多寿，人旺财旺。由护国神师刘真庆，编造了好几本经典，什么"通灵宝典"，什么"消灾化难混元一字真经"，什么"金刚杵莲花台十方万福神咒"，七个字一句，似歌非歌，似谣非谣，翻来覆去，左说右说，不过是一入混元教，万事亨通；不信混元教，生逢劫难，死下地狱油锅。

他的教门，还有些稀奇古怪的仪式，每五天一诵经修真，教长教徒团聚一处，又跳神，又念咒，又像唱曲子，又像演戏，非常的有趣。念完了经，又同饮福酒，给好些油炸小点心吃。入教不收任何费用，还可以吃斋，而且同教教友又互相护庇，可御外侮。这对于良懦的乡民，好像给了一种安慰，又给了一种倚靠。塞外的人心居然像流水归海一样，真把徐教主当作救世主了。徐教主起初还是秘密传教，到后来信徒越多，人心归附，他连官面也不怕了，公开地宣扬起来。

这期间，当地的官吏捕役，当然也有所闻。这种贪污之辈，无事尚且生非，何况真有不法行为？自然地方和小吏都找了徐教主来。但这时的徐立方，已不是当年的土财主了，手下有许多党羽和教徒，胆子大多了，而且也有人给他出高招。官人一来找寻他，立刻被真庆之流引到密室，摆筵款待，盘桓终日，临走时，怀中凸凸囊囊，饱载而归。回去报告长官，不过是说：徐财主劝人学好，维持地方，防备土匪，不但无罪，而且有益于闾里。

官人来一个，这样打发走一个，有的食嗓太大，或是缠绕没完的，最后仍被徐党用威逼利诱的法子，施展釜底抽薪之策，把事情压下去。若是外面风声不利，他们就临时敛迹。总而言之，人多了，势众了，迎合愚民之心，躲避官人之目，只经过三数年的工夫，徐教主的混元教是兴开了，阴谋也萌芽了。

这自然还是妖道刘真庆之功最大，仗着他飘飘欲仙的外貌，能言善辩的口才，他居然把当地的地方也劝入了教，还有一个未入流的小官，也成了教友，并且优加礼遇，一同订盟，算为第五个兄弟，这就是五王爷蔡某了。

不久，徐教主啸聚党羽，竟有七八千人了。人多势众，气焰越张；内中预谋造反的占十分之三，只信混元教，不知密谋的占十分之七大多数。渐渐地也就人多分子杂，形迹暴露，而且这些信徒也就有了恃教门为非作歹，欺凌良民的行为。渐渐地引起了官府的注意，徐教主仍然忘其所以。

末后连着滋生了两桩事故，叛谋便一旦揭穿。

一桩是徐教主受僧道两位国师的怂恿，竟在自己的庄堡内，修造地窖，内筑金銮殿，每到夜静无人，便纠集党羽，升殿演礼，讨论教务和军情；他们加紧地招兵买马，打造兵仗，购买军火。一面他又大封功臣，自立为混元皇帝，封他的老娘为皇太后，封他的妻为皇后，又有丞相、镇殿将军等伪职。只可惜他的皇太子不及受封，得了伤寒，被国师诊治死了。混元皇帝大痛之下，亟于立后，便秘选偏妃。一家佃户的女儿生得很美丽，徐财主未登基时，就想纳以为妾，可是徐太太坚决反对，徐财主到底没敢遣媒。等到现在，徐财主已成了大皇帝了，皇帝照例有三宫六院，七十二偏妃，做娘娘的不能再吃醋了。由于各位军师国师的劝谏，娘娘委委屈屈地答应了，附带条件，是只许选一个西宫，一个东宫，再多了不行。混元皇帝大喜过望，立遣能臣，到佃户家纳聘选妃。不想这佃户是个山东轴子，他的女儿早有了人家了，皇帝龙恩下顾，他竟峻拒，不肯当皇帝的老丈人，他记得戏台上，皇亲国舅，涂着涂鼻子奸白脸，被人丑骂，他再也不愿攀高了。国师任凭怎样劝诱、威吓，这家伙抱定决心，不做国丈，后来逼得太紧，佃户气得直骂街，要告状。他这样一扬风，混元教友大惊，就要杀他灭口。可是他们本是一伙愚民，并非强盗出身，他们还没有杀人害人的经验和胆量，倒被佃户听见了消息，吓得他带了女儿，逃入绥化厅避难。他也有亲友，逢人说到此事，结果，徐家园子出了土皇上的话，弄得厅里也有些耳闻了。

偏偏混元皇帝的国师刘真庆，又逞三寸不烂之舌，说降了一杆子红胡子，约有三十多名。这可是杀人不眨眼的惯贼，为首的胡子头姓马，是个官迷，他的三十多个同党，他都札委为哨官哨长，他自居为管带为统领，手下可是没有兵（这个事情，从破案的匪案中，抄出他们的官衔片子来，都是煌煌都司游击的自相称呼着）。究竟自己派自己当统领，过不了官瘾，现在混元皇帝竟要封他为镇边将军、天下都招讨、兵马大元帅，头品顶戴，赏穿黄马褂，他就荣幸非常。这一夜竟在围墙内地下金銮殿，觐见了皇帝。皇帝穿了一身黄，不满不汉，又像戏台上的皇上，又像县衙门的老爷，可是高高坐在砖台上的黄帔大椅子上，两旁有宫女，左右为国师，排列叙礼，明灯辉煌。倒把个红胡子吓住了，连连地三跪九叩，行了君臣大礼，天子口吐人言，只说了四个字："下面赐宴!"国师就把马大元帅领出来了。

果然就徐宅前院赐了御宴，另外赏给一口宝剑，发给一颗"元帅印"，可是木刻的。好在马胡子得此已足，另外又领到了几十份"御札"，把马胡子手下的小胡子，一律封为将军，如果续有投效的，也可以现填空白御札。

这一来，马胡子一加入混元教，挂帅封官，立刻出了是非。他有一本"奏明圣上"，若创大业，必筹底饷，臣愿率领部下，前往大清国，武力借粮借饷。还没等到混元皇帝御批"准奏"，他就抢起来了，竟掀起很大的一个风波。

这时候，恰有一批大租银子，该解进省。大租就是地丁钱粮，关外花的榆眼钱，又小又薄，平贴水面，可以不沉。但是交地租却要青铜大钱，解运官用十几辆大轱辘车，装满好多木箱铜钱，合银子在八万两左右，调十数名镇边军，一同由绥化厅起运进省。那里黑龙江还没有改省，由将军驻守都省，都省也叫黑龙江，也叫卜奎。因为这是国库正税，没有土匪敢劫夺的。劫了私人的钱财，就是数目大，也可以不破案。若是官家正税，国库官帑，断不许出一点闪失，万一出了错，连地方官带当地驻军，一齐担着严重的处分，就是严拿务获，人赃俱得，也还有后患的。不知道有多少官人吃罪不起，更不知有多少流贼土寇受株连，遭痛剿。只要是官款一出错，下至地方文武，上至都省大吏，全都要慌的。因此在前清时的胡匪和关内的土匪，作案都有一个秘诀，是斗富不斗势，斗财不斗官。劫了官帑，到最后的结局，终要被挤吐出来，还把性命饶上，还连累了线上别的朋友（这种风气，写秦琼故事的作者，已然早早说破过。程咬金劫了皇纲，才逼得一群草野强豪到瓦岗寨啸聚谋反，混世称王）。

不幸这混元皇帝驾下，新升的大元帅马胡子，听了国师刘真庆的妖言诱惑，居然牵党，把大租银子劫了！以致连累了许多人，丢掉"项上的人头"！

马胡子也不是不知利害，偏偏听信了刘真庆、圆照和尚这两个妖人的信口胡言，自谓炼有神符，持有神咒，好好修持起来，可避枪火。自然是空口说白话，没人肯信，也没人敢信。刘真庆为了抓住人心，打破了愚民想大阔又胆小的弱点，所以放出这个谣言来："你们既想从真龙，保真主，就不要怕死。其实死有什么可怕的？为国尽忠，为本教卖命，死了可以上天堂。"教友们只想封侯拜相，不想上天堂。他才又生二计："你们怕什么？怕大清的兵么？他也是个人，咱们也是个人，他能杀你，你也能杀他。他们有势力，我们得人心。"这样说，人们还是怕。他这才又生第三计："你们不要害怕吧。你们不过是怕大清国的贪官污吏有枪火，会打死你们。咳，那才没用呢。"圆照和尚忙自承会

131

金钟罩，我不怕枪炮。别人也跟着学，可是自来江湖人相传，练金钟罩，必须童子功，这些教友多半是成年乡下人，而且练法也不能急抓，又不易蒙骗人。

独有刘真庆这一招，却是奇绝妙绝，只带上他的三道灵符，念熟他口授的一百零八句神咒，便可以刀枪不入，火药也不怕，简直地入水不濡，入火不焦。

谁要说不信，"我们可以试试"。刘真庆在"法不传六耳"的秘密条件下，只叫马胡子和另外一个教友，在半夜里参与试验。由刘真庆佩符念咒，由圆照开小六转打他。只听念动真言，一二三，圆照开枪便打。怪极了，干搂机子，枪不响，弹不发。马胡子问："怎么回事？"回答说："避住了。"

马胡子疑疑思思的，说道："我开枪，行不行？"回答说："行，谁都行。"马胡子又问道："手枪可避，火枪也成么？"刘真庆飘飘欲仙，微微一笑道："岂但火枪，大抬杆亦可避也！"

马胡子就要找大抬杆，圆照道："且慢，那个东西，动静太大。恐其惊动了官面，这里不是有两杆十三太保么？你拿去试试。"马胡子依言，取了一杆十三太保，验看一下，遂即举起来，略略对着国师刘真庆，把枪机一搂，刘真庆口念真言，只听这枪腔哧哧地一响，马胡子大吃一惊，赶忙一松手。幸而枪腔没炸，但是打不出火药，却也证实了。从此，一传十，十传百，刘法师会念咒避枪火，人人都相信了。立刻有许多人要学，拜刘为师。刘也不拒，只是这咒太难念，据说一面念，一面要拿手指画空画符，必要咒也念完，符也画成，恰到好处，方能避枪弹，差一点是无效的，而且持咒时必先吃斋，还要避内，有老婆的学这个，可不大相宜。若是不避房事，届时念咒避枪火，不但无效，且有大害。另外还有一个戒条，是"诚则灵，信则效"，只要你修持此咒，稍存疑虑之心，或有不信之意，那就一定"不灵"了。因为他还说过，这是神术，泄露天机，有干天忌，学会此咒的，只可拿来救命救急，千万不要胡乱试验儿戏，若是试之过于渎亵，也要失效的。这也是道门中常有的戒条，刘真庆既然这么慎重地说出来，人们听了，似乎觉着很近情，很近理，也就十九相信了。可是由这一来，对这避弹妙法，人人畏难，不敢轻于试练了。刘真庆告诉他们，学只管学，等学过来，遇见大灾大难，再用不迟。结果混元教友人人会念咒，大多数不曾实用或实验。

那新封大元帅马胡子，自经一度实验，深深相信无疑，把刘真庆佩服得五体投地。不久，他就听说地方官派武弁，押解十几辆大轱辘车，运送大租银子进省。马胡子要建头功，竟勾结同帮，动手抄劫。在他想，劫官帑固然有大麻烦，但本教有这样神师仙法保护，还怕大清兵做什么？他就带着他那一杆子人，约有三十多名，藏在山麓要路口。直等到解帑车插着黄旗，排成直行，穿山道而过，马胡子就首先发出一枪，手下人也就随声放出一排子弹。

解帑武弁大骇，连同官兵，一齐下马，伏在散漫岩石后，开枪抵抗。官兵人数既少，火药也有限，只支持了半个时辰，便陷入马贼的包围圈内。马贼不要命地逼迫过来，喝令官弁留下地租银，留下枪火，"饶你等的性命"。紧接着一排枪，又一排枪，胡子的枪法都很准，武弁首先受伤，随后官兵也顶不住了，一群马贼一拥而上。解帑官兵官弁，只得弃车上马逃走。

官帑失落，侥幸逃出性命，武弁急急负伤归营禀报，说是途遇大批叛匪，约有二百人，恃众劫去官帑。押帑的厅吏也这样报了，绥化厅的文武，一齐震恐。幸喜追缉贼踪还容易，在场的差役兵卒，亲眼看见马胡子把地租车带进山坎，转投到一个小村内。这小村正在徐家园子附近，地名叫狐狸洼。

绥化厅理事通判文秀山、镇边军统带伊崇阿，协派干练人员，前往失事地点勘详。只几天，很容易地勘得详情：该地土财主徐立方，庇养妖人一僧一道，创立混元教，妖言惑众，潜谋异图，曾经秘购龙袍，暗筑皇宫……又云，劫夺官帑之匪，即是妖贼逆首徐某之党羽，现受封伪职大元帅等官，据称率众明目张胆，劫取国库，于次日夜深，原车解入私宅，据云即用以充备叛军军饷……

谍报的话比这个还加详，早把个文通判、伊统领吓黄了脸。这若教上官知道，文武二吏失察罪状百口莫辩。这没有别的办法，赶紧派兵捕，剿要犯，起赃银。上详的公事，只好冒着"隐匿要案"的危险，暂且压一压，豁着先办案，后报案，文武全谋，当晚就调兵，即刻便出剿。麻利极了！

伊统领调了三百名镇边军，前去剿捕妖人，竟不知妖人混元皇帝徐立方，此时声势已然很大。手下教徒党羽，已将及万人。而且塞外民风强悍，寻常住户，都筑土堡，聚族而居，家家都有枪火。徐立方蓄志称王，又秘密勾结枪火贩，新买了一百支枪；除了马胡子，又收服下另一杆子马贼，足有五六十名悍匪，也封了元帅将军，还把贼首章德旺封为王爵，马胡子也追封为王。等到马胡子劫了国库地租，混元教下群雄全认为这一来惊动了地面官府，经一度聚议，要就此起义，先攻绥化，再夺黑龙江省会卜奎。偏偏妖道刘真庆、妖僧圆照这两个家伙迷信巫术，自谓仰观天文，时辰还未到。"吾皇万岁要想兴兵创业，仍要依照三皇宝录，应于明年八月十五日，中秋节日起兵，那就攻无不胜，战无不利了。"

马胡子迷信刘真庆的神术，首先赞成。以为："我把大租劫

134

了，官兵全被我打跑，他们一定不知道为臣是给万岁服劳，他们把我看成寻常的马达子，再不会找到万岁头上的。"章德旺大元帅深不以为然："若要人莫知，除非己莫为，马将军劫了这许多官帑，连夜运到大皇帝的府上，地面官人一定要探出底细来的。为臣认为事不可缓，先下手为强；此刻应该立即高揭义旗，迎头袭夺绥化城。我们占了绥化厅，就在那里建都，然后出兵略地，先夺取黑龙江，再进兵盛京，再直取北京城，赶走大清皇帝，天下归心，定可一统。"

御前会议，抬了半夜杠，僧道二位国师还是坚持八月十五起义，最后是提早一年，改于今年八月十五发动。此刻刚刚进七月，还差一个半月，尽可以先行预备。哪知道还没容他预备好，清廷大兵杀进来，混元皇帝就此亡国！

劫帑数日后，官兵三百名杀到徐家园子五十里外。探马报到地下金銮殿，混元皇帝大惊失色："大清兵来得好快呀！他们怎么丢了地租，专找我来！"他们把人全看成傻子瞎子了。马胡子首告奋勇："万岁不要担忧，微臣不才，愿领一彪人马，把大清兵杀个片甲不回！"

立刻在徐家园子鸣锣集众，招集了二三百名混元教友，全是深信教义，誓保真主的信徒。即由一位亲王率领，另由马元帅和章德旺元帅，各率本部，三路出发，居然有三百五六十人，人数超过官兵，火器更为精强，全是新从外国浪人那里用重价买来的。

当天开战，混元教三路义勇军，仗着一股子邪气，骁勇异常，内中又有积年的胡匪，又有善玩火器的猎户，三百名镇边军竟抵御不住，半日工夫，险被包围。督队的先锋官看事不妙，把所坐的爬犁车掉转头来，预备往退路走。先锋官这样示弱，顿时

135

影响军心。也不知是谁喊了一声："不好了，后路有了敌人了！"在前面据守土岗和教匪对打的，一齐起了后顾之忧。

先锋官驱爬犁车往歧路上退去，部下官兵跟踪撤下来。又全是马队，竟骤然地退下来了。这一战就算打败。先锋官忙发文书，禀请增援。言说："贼势浩大，数逾千人，枪械精良，官兵势弱。"

伊崇阿统领文秀山通判天天在那里盼望捷报，哪知出兵刚五六天，便吃了败仗。

文通判亲访伊崇阿统领，协议增兵。这番要大举，一举破贼，竟将镇边军抽调了两营，又由通判厅内四班班房，挑选出精干的捕快，凑足一百名整，全是火器上、技击上有两手的劲汉。官兵由一员帮统、两员营官出马，捕盗由巡检杨毓封率领；加上幕府会武术的师爷张玉峰、吴宝华、朱天雄，并加上镖客李云山、杨久和、叶梓材，武师齐景山、王庆和、魏德善、王玉书、王洛义这些人，通通带了火器和利刃。预定步骤，由官兵攻正面，明剿叛逆，使幕客张玉峰，带领这些矫健的镖客武师，设法暗袭。双管齐下，里应外合，以求赶速破案；若日子太耽误了，别的事小，这将及十万的地租银子，误了限期，全吃罪不起。

镇边军分两队，一直开到徐家园子，远远采大包围式，正面择一山岗，暗暗架上两尊土炮，四杆大抬杆。背面埋伏下大抬杆队，左右两翼也安好卡子。又揣度地形，徐家园子一攻破，逆贼必要落荒奔西北逃窜，就在西北角也择一山坎，架上两尊土炮、两杆抬枪。

官军络绎开到，混元皇帝像蒙在鼓里一样，数年前他最胆小怕事惧祸，此际被僧道两个妖人愚弄得又太胆大了。头一仗杀退官军以后，这个混元国公然大开庆功筵，燃爆竹，悬灯结彩，欢贺头功。同村的教民也如疯如狂，公然挂起国旗来，杏黄方旗，当中阴阳鱼，四周是八卦，这就是混元旗。可是国师刘真庆到底还绕着一个死扣，现在已和大清兵开了仗，他还是要等八月十五才正式举兵。据他推算，只有八月十五这天出兵攻打绥化城，不但一战成功，还可以收降清营将吏和城内文武官。混元国满朝文武都主张趁这头次胜仗，索性出兵略地，刘真庆偏还是要死等八月十五。这一来好极，堵窝捉老鼠，省得大皇帝蒙尘出狩，一下子就"国君殉社稷"了！

满朝中文武固然是些疯子，可是也有不太傻的。顶狡狯的人，设法躲到别处去了，其余的人受了刘真庆的愚惑，正加紧练他们的避枪火神咒，还有较少数的人，觉得国师的应敌之法太以大意，联合了许多人上奏一本，恳请万岁速派二位元帅出国都巡边防敌。混元皇帝这时把帝王的尊严摆得十足，一心正想算三宫六院七十二偏妃，如今刚刚凑上一位西宫，特派一员大臣，下乡给他去采选宫娥，满腔只想皇王之乐，倒忘了目下江山之危。奏事的人力陈时艰，言说清兵败退，仍未出疆，恐有后患，千万聚兵追击，不可据城孤守。混元皇帝驾下的臣民共总还不够一整万，明白人仅仅这六七位，异口同声，再三絮聒，他这才重登地下金銮殿，召开御前会议。只顾了表演威仪，正经事只商议了一小会儿，便算定规了。这还是明白人力争的结果。由皇帝下诏，所有教民壮丁，凡年在十八岁以上，四十八岁以下的，不分男女，一律限明日前来国都，听候点名，发给武器，年老的和小孩子，别编老人军、孩儿营，也按名发给刀枪，只没有火器，准备教壮丁应敌，教妇孺老人守城。

诏书一下，第二天附近各村的教民，真个全来了。可是远处的教民竟被官军所放的卡子给打回去了。这一来，立刻有人奔来报信，说是不好了，咱们徐家园子方圆附近，都屯了大清营的兵队。混元皇帝这才大吃一惊，他驾下的二位国师，两位元帅，竟没有探出清兵援兵已到的消息，可算荒唐已极。

徐家园子登时发动，赶紧鸣锣聚众，赶紧派兵点将，出去迎敌拒敌。圆照和尚有点发慌，忙问刘真庆："这怎么办？外头有好几千大清兵呢？"刘真庆哈哈笑道："几千清兵，何足惧哉？我教他们赶快熟习护身神咒，我亲自率领他们，把清兵剿了。"他还是大言不惭，一点也不害怕。不过，八月十五再举兵的话，他也不再坚持了。成群的教徒，纷来领取战具，居然按名查点，凑足了两千多人。内中壮男不过一千多人，剩下的竟是娘子军、孩儿营。仍由章德旺、马胡子两位元帅，分率着一千名壮丁，各引五百名为一军，出离土园子挑战。四位镇殿军，八名镇兵，就分带着二三百名男子和数百名娘子军、孩儿营和老头队，登上土围子，护城备敌，并巡逻围子内。这就是混元教忠义军的倾国之旅了。

两位元帅各领着五百名壮丁，内中有火器的每军只占一二百名，其余的就是长矛和短刀、白蜡杆子和狼牙棒，马胡子手有三四十名悍匪，章德旺手下有五六十名马贼，这都是劲兵，不但胆大，而且久惯杀人放火，玩火器很熟。他们于当日一清早，用堂堂正正之师，分两队攻打清兵，居然打得很激烈，若没有土炮和大抬杆，清兵简直又抵挡不住了。这些清兵全是绿营游卒獧勇，谁也不肯卖命。章马二匪却聚的是一群悍寇和一伙教匪狂徒，打起仗来，不知死活。当天直打到过午，各个消耗了不少火药，伤亡了一些人。清兵往后稍退，教匪也往回撤下来，照样扼住要道口，暂且休息。

耗过了一两个时辰，战士们轮流着吃了干粮，喝足了水，马章二帅一声令下，续往前攻。双方接触，隔着一段高粱地，一段土岗，又打起来了。一时官兵抢上土岗，一时又退下去，一时教匪攻过了土岗，一时又撤回来。拉锯式的战斗，足足又支持了三个时辰。

清营带兵的帮统，本就没打算一鼓作气，攻入徐家园子土堡。他要耗到夜间，按预定计划，正面佯攻，背面偷袭。那巡检杨毓封和武师张玉峰，挨到日头西山，一百多人，便一律换上短打扮，青衣绔，头上也打的是青洋绉包头，只每人带一条白布手巾，系在左手腕上，作为标识。一百人中，计有五十多支自来得，二十多支小六转，此外是十三太保，背在身上。每人另外还带着刀剑、铁尺、铁拐、袖箭、金镖。并且还有十几盏孔明灯，两只千里眼，以及绳索、手镣、火炬、绳梯等等。

挨到起更，杨巡检向帮统请求了暗号和里应外合的办法，一切预备停当，百十个人，率两名眼线，悄悄地绕道斜趋徐家园子的西南角。

距离土围子不远，大家都藏在庄稼地里等候。

这时正面北方，官兵趁着教匪战乏收兵，回队吃饭的夹当，忽然吹起进军号，除土炮未动外，大抬杆队一齐出离阵地，往土围子进攻起来。攻势非常迅猛似的，铜号浩浩浩浩地吹个不住，兵们随铜号音，齐声喊："杀！杀！杀！"两营官兵上千的人，铜号既非常惨厉，喊杀更异常浩大，震天震地似的，火枪声也乒乒乓乓，连续不住地打。这是今日两次开仗最激烈的一次冲锋。混元教忠义军两次索战，都是要打便来打，要走便收兵，清兵只取以逸待劳，没有追击。现在，天黑了，人饿了，清兵反而越打越勇了。马胡子和章德旺虽是积匪，从没有正面作战的经验，惊恐之中也慌神了。他手下那些教匪，更沉不住气，没等敌人吓他，他们自己先吓唬起自己来，很多的人失声叫道："不好，大清营又调了大队救兵来了！"他们竟不知自己这一方面是倾巢出战，清营那边始终只拿来一半力量来打。这些教匪不约而同，弃了扼守的土岗，忽忽鲁鲁往土围子撤退下去。

章马二匪帅也弹压不住，索性带大队一同退入围子内，登上土堡，调来大抬杆，冲黑影往清兵喊杀声中，乱打起来。清兵依然是连吹进军号，一千多名兵声声不断地喊杀，火枪也往土堡上面打。

这一来，所有混元教的兵力，全聚焦在正北面，摸着黑，据堡拒敌，苦苦地消耗他们的火药。可是乘着这一阵乱，杨巡检、张武师这一百多名敢死队，潜踪进袭，居然偷偷地爬到徐家园子西南角下干壕沟那里，又居然悄悄地爬过了壕沟，把一个个身子紧贴在土墙根下，半蹲半坐，各持着火器，仰望上面的围墙更道。

这时候，正北面枪火声、铜号声、喊杀声依然不断，堡中的抗战声仍然很热闹。这时候更道上虽然由下面看不见人影，仍然历历听得出有动静。更道上必有教匪的瞭望兵，这已无可疑。要想翻墙头跳过去，便须拼命冒险。但舍命犯险，仍恐打草惊蛇，不易奏功。

这时候已耗过二更天了。正北面进攻的清兵，由帮统悬重赏，挑出了四名号手、十几名火枪手，穿庄稼地也往土墙前潜踪进袭。却不是真偷营（实际也不能偷，教匪全神都注意这北面一路了），混元皇帝和两位国师，也刚刚地出离地下宫殿，到土堡城头，往外观阵，一面鼓励斗敌之兵。此时巡了半圈，又已回转宫殿，由二位国师，拜表玉皇大帝，请天兵天将，连夜下降，助我杀清兵，成大功。其实呢，刘真庆一听见枪炮声，竟脑袋疼起来了。混元皇帝此时也有些心慌，正宫娘娘吓傻了，派宫娥请万岁进宫。他们在围城内，自己骗自己，外面的清兵居然潜踱到"更进一步"的所在。四个铜号手，十几个火枪手，把身形择地蔽好，立刻齐声暴喊，把铜号狂吹起来。

果然这一来，招得土堡上教匪人人惊恐："不好了，大清兵竟杀到跟前来了！"又是一阵骚动，马胡子、章德旺两个悍匪在纷乱声中，侧耳细辨，已听出这杀过来的敌人数目寥寥无几，就在近处不远。忙吩咐调大抬杆，照准号声喊声来处，速发数枪，果然把铜号声打哑巴了。但是堡上人心竟被扰动，很有些人溜下土堡。章马二匪和四位镇殿将军，再三再四鼓励士气，略略把人心凝住，不料东北角忽然浮起火光，东北角一片丛木和乱草地，竟被敌人放起火来，而且风势正往这边刮。人心立刻又浮动起来。

这一把火，却是武师张玉峰冒险点着的，这一把火距离土围子仅仅两箭地，风大势猛，太危险了。混元教群匪乱喊乱叫，有的人说："赶快教出去救火！"有的人说："快请国师，念咒救火！"

国师爷刘真庆请到，这家伙早已慌了神，大家说救火，他就随声说："快去救火！"大家说："国师爷快念咒！"他就说："你们快开堡门去救，我这就登坛念咒。"他一溜烟跑下更道，到下面捣鬼念咒；两位镇殿将军妄想乘机救火，伺隙潜逃，他就带了二三十名壮丁，拿了救火的东西，开堡门逃出去。

流弹横飞，二位镇殿将军没有完整逃出火坑，清兵照火场连开数排枪，一个被打死，一个中了伤。二三十名壮丁乘黑夜窜逃。有的往外逃，有的往回跑。却由他俩这一闹，帮了杨巡检、张武师很大一个忙。杨张二人率百名武师镖客和干捕，乘乱一拥

141

而上。有的爬上土墙，登上更道，有的混入救火团，进入围墙里。

徐家园子，大势去了！

五十支"自来得"，在当日真和机关枪一样的凶猛无敌。百名敢死队，入虎穴，捉虎子，一阵风地猛扑，把枪开了，如雷鸣，如电扫，把混元教匪留守在西南面和南面的（但是些老弱，又十九没有火器，只凭刀矛）打得乱叫乱嚎，乱钻乱跑。

武师吴宝华见已杀入贼巢，立刻将暗号发出去。是特制的旗火，冲天而起，一溜火光，留在外面的两个敢死队，立刻响应，更放出较多的旗花，火光在半空连闪。一路上所留的巡风传信的人，立刻也响应，也照发信号。如此辗转通报，正面大营的帮统顿时得到确实的捷报，顿时发令进攻。这是真进攻！

果然，杨巡检、张玉峰武师百名敢死队，刚刚攻入徐家园子腹心之地，还没寻着地下皇宫，那正面土堡更道上的教匪，已得急报警报说："大事不好了，西南角闯进敌人来了！"章德旺大吃一惊，立刻督队下更道，要还救皇宫。马胡子也大吃一惊，立刻把旧部数十名悍匪一叫，他却不是回宫勤王。他密告同伙："见机而作！"跳下更道来，就往马号跑。夺了几匹马，和同伙悍匪，摘枪上马，冲出堡道，夺路要走……章德旺的勤王官兵，恰和他们相逢，一个忠义军还喊："马元帅，敌人在这边呢！"略一阻拦，马胡子甩手一枪，把人打倒。章德旺怪笑道："哈哈！"也甩手一枪，马胡子滚鞍落马。

马胡子的旧部开枪救首领，章德旺的旧部开枪打叛逃，双方混战起来，杀人如麻。堡上堡下，人声鼎沸，黑影中男女教友鬼哭狼嚎。

镇边军一千名官兵在进军铜号浩浩狂吹声中，顿时冲杀到土堡北门。

杨巡检、张玉峰武师及一百名敢死队，夜袭皇帝地下宫城，竟如探囊取物，攻破后园，砸开宫门，在五间大的地窖子里，发现了"金銮宝殿"。由黄龙宝座抓下来混元皇帝徐立方。皇太后、正宫娘娘、十六岁的美貌公主，一齐落网。像粽子一样，都上了绑。在宝殿内，起出玉玺、黄袍、尚方剑等等妖妄法物。

妖僧圆照逃到地上东厢房，仗恃他两臂有力，过去几个兵，没有擒住他，反被他开枪打伤。直耗到子弹用尽，他才狂吼一声，举戒刀杀出来。另外还有几个混元教友，也是破出死命拒捕。这全靠敢死队内的武师，展开技击的功夫，力战把他们生擒。

其他教匪，除了混战伤亡，其余投下兵器，跪在地上，即行免死，但照样上了绑。势败之后，死走逃亡，成擒的教匪，只有二百多名，死的也差不多。轰轰烈烈，人数上万的混元教，如昙花一现，终于灭亡。

独有罪之魁、祸之首护国军师妖道刘真庆不知何时从何处竟被他逃走。却由他断送了这么多的愚民的性命，他可算死有余辜。

据张玉峰武师说，一直过了两个多月，才在绥化厅以北百十里地以外，一座小土堡内，才把他捉住。他已经剃去了道士的蓄发，刮去了满口的长髯，打扮成一个俗人模样了。他正在那小土堡中，乔装治病的郎中，给人治伤寒病。这东西真是神通广大，到底不晓得他怎样兔脱，也不知是谁掩护着他了。最后是讯明口供，赏给他一个"剐"。

至于混元皇帝徐立方，因抢劫大租银子，犯罪虽然重大，却因官场上种种顾忌，窃案盗案可以上详，股匪案件便不好上报，

143

叛逆案子牵涉更为严重，绥化厅的文武地方官，一再密商的结果，只悄悄把徐某一家问斩，全案是压下去了，到底没敢上详。只由理事通判文秀山，亲自到盛京将军衙门，把案情秘禀罢了。盛京将军也是不敢掀动叛案的，前清向来怕民造反，一有叛案，株连太大，故此做官的不敢认真。

这一来积德不小，徐立方的亲戚本家，免去不少罪行。甚至他那位年方十六的美貌小公主，因被杨巡检看中，而且她也娇小得太可怜，结果，也把她开脱了，随后，变成了杨太太。

那被教匪劫去的大租银子，当然也被他们耗用了不少。但自有混元皇帝的逆产，可资抵补，全案刚一破，租银便解进省去了。

这便是沟阳武师张玉峰故事的大要。那时张武师正在英年，他还做了许多事，随后得暇，还要陆续记录下来。

三十五年四月二十八日白羽述

144

附　录

末路英雄咏叹调

——白羽之文心

叶洪生

> 一个人所已经做或正在做的事，未必就是他愿意做
> 的事，这就是环境。环境与饭碗联合起来，逼迫我写了
> 些无聊文字；而这些无聊文字竟能出版，竟有了销场，
> 这是今日华北文坛的耻辱！我……可不负责。

说这话的人，是上世纪三十年代中国武侠小说界居于泰山北
斗地位的白羽；所谓"无聊文字"指的就是武侠小说！以其当时
的声名、成就，竟在自传《话柄》中发出如此痛愤之语，这就很
可使人惊异且深思的了。那么，他又是怎样"入错行"的呢？

白羽其人其事其书

白羽本名宫竹心，清光绪廿五（1899）年生于天津马厂（隶
属今河北青县），祖籍山东省东阿县。父为北洋军官，家道小康，
故其自幼生活无虞，嗜读评话、公案、侠义小说。1912 年民国建
立，宫竹心随其父调职而迁居北平，遂有幸接受现代新式教育。

中学时期因受到新文学运动影响，兴趣乃由仿林（纾）翻译小说转移到白话文学上来，并立志做一个"新文艺家"。

宫氏中英文根底极佳，十五岁即开始尝试文艺创作；向北京各报刊投稿，笔名"菊庵"。他的才华曾深得周树人（鲁迅）、作人兄弟赏识，并慨然给予指导及帮助，鼓励他从事西洋文学译述工作。奈何其十九岁时不幸丧父，家庭遭变；即令考上北平师范大学亦不能就读，反倒要为养活七口之家而到处奔波——他干过邮务员、税员、书记、教师、校对、编辑、记者以及风尘小吏；甚至在穷途末路时，还咬着牙充当小贩，卖书报——一直挨到他贫病交加，吐血为止；除了一支健笔，可说是身无长物。

1926 年是宫竹心生命中的一大转折。此前由于他终日为生活忙碌而与鲁迅失联，遂陷于精神、物质上的双重人生困境。恰巧言情小说名作家张恨水亟需为自己担纲主编的北平《世界日报》副刊《明珠》版找一名写手，以分任其劳，乃公开登报招聘"特约撰述"。此时宫竹心正为"稻粱谋"所苦，看到招聘广告，当即连夜赶写了七篇文史小品稿件投寄应征；方于众多自荐者中脱颖而出，成为一名每日皆要奋笔书写各类文稿的"特约撰述"。

这工作其实是低酬劳、高剥削的文字苦力活。它唯一的好处是有固定稿费可领，生活相对安定；而其边际效用则是借着《世界日报》这块艺文园地"练功"的机会，把宫竹心的文笔给磨炼出来，且炼成一支亦庄亦谐、亦雅亦俗而又刚柔并济的生花妙笔。这倒是他始料未及的意外收获。

如是经过一段时日的磨笔磨剑，以及亲身经历种种世态炎凉的残酷现实，他的思想观念乃逐渐产生了微妙的变化。在他悲叹"新文艺家"之梦难圆的同时，也清楚地看到张恨水是如何在通俗小说领域里呼风唤雨、财源广进的！理想与现实的冲突迫使他不得不选择后者。于是张恨水写作模式（通俗小说连载）及其名利双收的丰美果实遂成为青年宫竹心梦寐以求的人生目标，因为这可以立马解决养家活口的实际问题。

他明白言情小说是张恨水的"禁区"，最好别碰；却不妨用"借古讽今"的手法来写"卑之无甚高论"的武侠小说——这就是他初试啼声的武侠处女作《青林七侠》，连载发表于《世界日报》副刊。然而这次的试笔却是一篇失败之作。因为作者企图反讽政治现实竟失焦，而读者反应冷淡则更令人气沮；故连载数月后即被"腰斩"，不了了之。而据通俗文学研究者倪斯霆的说法，直到1931年，《青林七侠》方交由天津报人吴云心主编的《益世晚报》副刊连载续完。

1928年夏天宫氏重返天津，转往《商报》任职。此后迄至对日抗战前夕，约莫八九年间，他都流转于天津新闻圈中厮混；除了曾独家报导女侠施剑翘（因替父报仇而枪杀军阀孙传芳）刑满出狱真相的新闻，引起社会轰动外，可谓乏善可陈。

1937年7月7日因"卢沟桥事件"而引爆中国全面抗日战争，平、津随之沦陷。宫竹心一家于战乱中迁居天津二贤里，由于困顿风尘，百无聊赖，遂与友人合作开办"正华补习学校"；打算一面办学，一面卖文，以弥补日常生活开销。那么，到底该写哪一类题材的小说才好呢？却煞费思量。就在这个节骨眼上，昔日旧识小说家何海鸣忽找上门来，代表天津《庸报》邀约撰稿。当下宫氏喜出望外，一拍即合，遂决定撰写武侠小说以投读者所好。

当时正值抗战军兴，华北沦陷区人心苦闷，皆渴望天降侠客予以神奇的救济，而由著名评书艺人张杰鑫、蒋轸庭演述的镖客故事《三侠剑》（按：其主要人物多脱胎于《施公案》、《彭公

149

案》等书）在北方已流传了一二十年，人多耳熟能详。宫氏灵机一动，何不结撰一部以保镖、失镖、寻镖为主题的镖客恩怨故事，以顺应读者阅读习惯及审美需求；只要能摆脱俗套，翻空出奇，在布局上下功夫，则以其生花妙笔与文字技巧，小说焉有不受读者欢迎之理！

于是他精心构思故事情节，并找来深谙技击的好友郑证因做"武术顾问"；务求所描写的江湖人物言谈举止惟妙惟肖，各种兵器用法乃至比武过招的手、眼、身、法、步，一招一式都能画出来。在如此认真写作之下，1938年春天宫氏即以"倒洒金钱"手法打出《十二金钱镖》（原题《豹爪青锋》），连载于《庸报》。他选用"白羽"为笔名——取义于欧俗，对懦夫给予白羽毛以贬之；或谓灵感来自杜甫诗句"万古云霄一羽毛"，亦有自伤自卑、无足轻重之意。（宫氏所撰武侠小说，均署名"白羽"，而无署"宫白羽"者！）

孰料这"风云第一镖"歪打正着！白羽登时声名大噪，竟赢得各方一致好评。于是不等《钱镖》正传写完，即应邀回头补叙前传《武林争雄记》，又续叙后传《血涤寒光剑》、《毒砂掌》，并别撰《联镖记》、《大泽龙蛇传》、《偷拳》等书，共二十余部。他那略带社会反讽性的笔调，描摹世态，曲中筋节，写尽人情冷暖；而文笔功力则刚柔并济，举重若轻，隐然为"入世"武侠小说（社会反讽派）一代正宗——与"出世"武侠小说（奇幻仙侠派）至尊还珠楼主双星并耀；一实一虚，各擅胜场。

但白羽不以为荣，反以为耻。因此他除将卖文（武侠小说）所得移作办学之用外，待生活稍定，即减少乃至终止武侠创作；同时自设"正华学校出版部"，陆续印行回忆录《话柄》，自传体小说《心迹》，社会小说《报坛隅闻》，短篇创作集《片羽》，小品文集《雕虫小草》、《灯下闲书》、《三国话本》及滑稽文集《恋家鬼》等等。余暇则从事甲骨文、金文之研究，自得其乐。

据白羽已故老友叶冷（本名郭云岫）在《白羽及其书》一文中透露："白羽讨厌卖文，卖钱的文章毁灭了他的创作爱好。白羽不穷到极点，不肯写稿。白羽的短篇创作是很有力的，饶有幽默意味，而且刺激力很大；有时似一枚蘸了麻药的针，刺得你麻痒痒的痛，而他的文中又隐含着鲜血，表面上却蒙着一层冰。可是造化弄人，不教他做他愿做的文艺创作，反而逼迫他自捆其面，以传奇的武侠故事出名；这一点，使他引以为辱，又引以为痛……"

1949年后，白羽以其享誉大江南北的文名，获任天津作家协会理事、文联委员、文史馆员；并一度出任新津画报社长及天津人民出版社特约编辑。他"最痛"的武侠小说固然已全部冰封，但"工农兵文学"他也不敢碰——因为一则缺乏这方面的生活体验，很难下笔；二则政治气候变化无常，思想束缚更大。试想，他半生服膺并力行文艺创作上的写实主义，可当时的社会现实该怎么写呢？

1956年香港《大公报》通过天津市委宣传部的关系，约请白羽重拾旧笔，"破例"给该报撰一部连载武侠小说。他力辞不获，遂草草写了最后一部作品《绿林豪杰传》——自嘲是"非驴非马的一头四不像"！其无奈之情，溢于言表。

白羽晚年罹患肺气肿，行动不便，却仍一心一意想出版他的考古论文集。惜此愿终未得偿，而在1966年3月1日晨含恨以殁，享龄六十七岁。

"现实人生"的启示

诚如白羽所云，他是为了"混饭糊口"迫不得已才写武侠小说。但即令是其所谓"无聊文字"亦出色当行，不比一般。单以文笔而言，他是文乎其文，白乎其白，文白夹杂，交融一片；雄深雅健，兼而有之。特别是在运用小说声口上，生动传神，若闻謦欬；亦庄亦谐，恰如其分。书中人物因而活灵活现，呼之欲出！

另在处理武打场面上，白羽本人虽非行家，却因熟读万籁声《武术汇宗》一书，遂悟武学中虚实相生、奇正相间之理；据以发挥所长，乃融合虚构与写实艺术"两下锅"——举凡出招、亮式、身形、动作皆历历如绘，予人立体之美感。尤以营造战前气氛扑朔迷离，张弛不定；汲引西洋文学桥段则"洋为中用"，收放自如……凡此种种，洵为上世纪五十年代香港以降港、台两地一流作家如金庸、梁羽生、司马翎等之所宗。这恐怕是一生崇尚新文学而鄙薄武侠小说的白羽所意想不到的吧？

认真推究白羽所以"反武侠"之故，与其说是受到"五四"一辈西化派学者的负面影响，不如说是他目睹时局动荡、政治黑暗，坚信"武侠不能救国"的人生观所致。因此，若迫于环境非写不可，则必"借古讽今"，方觉有时代意义。据白羽在《我当年怎样写起武侠小说来》一文的说法，早在其成名作《十二金钱镖》问世前，就写过两篇失败的武侠小说：

一是《粉骷髅》（原名《青林七侠》；1947年易名《青衫豪侠》出版），内容影射媚日汉奸褚民谊；"因为反对武侠，写成了侦探小说模样"——时在"九一八事变"之前。

二是《黄花劫》，"写的是宋末元初，好像武侠又似抗战"；对"前方杂牌军队如何被逼殉国"传闻深致愤慨 ——时在"九一八事变"之后。（按：《黄花劫》系 1932 年天津《中华画报》连载时原名，1949 年被不肖书商改名《横江一窝蜂》出版。）

正因有此前车之鉴，故抗战第二年他着手撰《十二金钱镖》时，虽一样是采用"借古讽今"的创作手法，却将"讽今"的焦点由政治现实转移到社会现实上来。他在《话柄》中曾就此说明其创作态度：

> 一般武侠小说把他心爱的人物都写成圣人，把对手却陷入罪恶渊薮。于是设下批判：此为"正派"，彼为"反派"；我以为这不近人情。我愿意把小说（虽然是传奇小说）中的人物还他一个真面目，也跟我们平常人一样；好人也许做坏事，坏人也许做好事。等之，好人也许遭恶运，坏人也许得善终；你虽不平，却也无法。现实人生偏是这样！

如此这般面对"现实人生"，进而加以无情揭露、冷嘲热讽，便是《十二金钱镖》一举成名，广受社会大众欢迎且历久不衰的主因。例如书中写女侠柳研青"比武招亲"却招来了地痞（第九章）；一尘道长仗义"捉采花贼"却因上当受骗而中毒惨死（第十五章），这些都是活生生、血淋淋的冷酷现实。至若白羽屡言此书得力于"旦角挑帘"——让女侠柳研青提前出场，与夫婿杨华、苦命女李映霞之间产生亦喜亦悲的"三角恋爱"——则系"无心插'柳'柳成荫"之故。

笔者有鉴于此，因以其成名作《十二金钱镖》为例，针对书中故事、笔法、人物、语言及其独创"武打综艺"新风等单元，加以重点评介；聊供关心武侠创作的通俗文学研究者及广大读者参考。

小说人物与语言艺术

众所周知，《十二金钱镖》系白羽开宗立派之作。此书共有十七卷（集），总八十一章，都一百廿余万言。前十六卷约略写于抗战胜利之前，故事未结束；是因白羽业已名利双收，不愿再写"无聊文字"。1946年国共内战再起，白羽为了维持生活，不得已重做冯妇；遂又补撰末一卷，更名为《丰林豹变记》，连载于天津《建国日报》，乃总结全书。

持平而论，《十二金钱镖》的故事情节并不复杂，主要是描写辽东"飞豹子"袁振武为报昔年私人恩怨，来找师弟俞剑平寻仇；因此拦路劫镖，而引起江湖轩然大波的故事。说白了，不外就是"保镖—失镖—寻镖"这码事；却因为作者善于运用悬疑笔法，文字简洁生动，将保镖逢寇的全过程——由探风、传警、遇劫、拼斗、失镖、盗遁以迄贼党连同镖银离奇失踪等情——曲曲写出，一步紧似一步！书中的"扣子"搭得好，语言亲切有味，情节又扑朔迷离；因而引人入胜，欲罢不能。

诚然，一部小说若想写得成功殊非幸致；在相当程度上须取决于人物塑造，以及相应的小说语言是否生动传神而定。这就要看作者驾驭文字的能力究竟可达何等境地，方能产生"烘云托月"的艺术效果。

书中主人翁"十二金钱"俞剑平是作者所要正面肯定的角色。此人机智、老辣、重义气、广交游，兼以武功超群，生平未逢敌手；但每念"登高跌重，盛名难久"，则深自警惕；因而垂暮之年封剑歇马，退隐荒村。今即以铁牌手胡孟刚奉"盐道札谕"护送官帑，向老友俞剑平借去"十二金钱"镖旗压阵，路遇无名盗魁劫镖一折为例，看作者是如何刻画俞剑平这个侠义人物的表现。

当时被派去护镖的俞门二弟子"黑鹰"程岳，哭丧着脸奔回俞家报讯，说是："师傅，咱爷们儿栽啦！"俞剑平骤闻失镖，把脚一跺，道："胡二弟糟了！"（因失镖者必然要负连带责任。）再闻镖旗被拔，登时须眉皆张道："好孩子！难为你押镖护旗，你倒越长越抽搐回去了！"——这是先以朋友之义为重，其后方顾到个人荣辱。一线之微，即见英雄本色，毫不含糊！

随后当他看到那"无名盗魁"留下的《刘海洒金钱》图，上面画着十二枚金钱散落满地，旁立一只插翅豹子，做回首睨视之状；并有一行歪诗，写着："金钱虽是人间宝，一落泥涂如废铜！"当即了然，不禁连声冷笑道："十二金钱落地？哼哼，十二金钱落不落地，这还在我！"

在这些节骨眼上，作者用急、怒、快、省之笔将俞剑平那种虎老雄心在、荣辱重于生死的"好胜"性格刻画入微；令读者如见其人，如闻其声！错非斫轮大匠，焉能臻此！

插翅豹子天外飞来

"飞豹子"袁振武这个隐现无常的大反派，在小说正传里称得上是扑朔迷离的人物。他除了拦路劫镖时一度亮相以外，便豹隐无踪，改以长衫客的姿态出现；声东击西，神出鬼没！充分显露出豹子的特性。

作者写袁振武种种，全用欲擒故纵法，口风甚紧。前半部书只说豹头老人如何如何；直到第四十三章，始初吐"飞豹子"之号，仍不揭其名；再至第五十九章，方由一封密函透露"飞豹子"的来历，却是"关外马场场主袁承烈"！难怪江南武林无人知晓。如此这般捕风捉影，教读者苦等到第六十一章，才辗转从俞夫人托带的口信中和盘托出"飞豹子袁承烈"的真实身份——竟然是三十年前俞剑平未出师门时的大师兄袁振武！此人心高气傲，曾因不愤乃师太极丁将爱女许配师弟俞剑平，并破例越次传以太极掌门之位，而一怒出走，不知所终……本书"捉迷藏"至此，始真相大白。

一言以蔽之，此非寻常庸手所用"拖"字诀，而是白羽故弄狡猾的"蓄势"笔法；曲曲写来，行文不测，乃极波谲云诡之能事。正因这头"插翅豹子"天外飞来，飘忽如风，扬言要雪当年之耻，非三言两语可以交代；故白羽特为之另辟前传《武林争雄记》（1939年连载于北平《晨报》），详述袁、俞师兄弟结怨始末。由是读者乃知其情可悯，其志可佩！袁振武实为本身性格与客观环境交相激荡下所造成的悲剧人物。至于《武林争雄记》续集《牧野雄风》，则系白羽病中央请好友郑证因代笔所撰，固不必论矣。

最具喜感的"小人物狂想曲"

前已约略提过，白羽创作武侠小说，极讲究运用语言艺术。其客观叙述故事的文体固力求风格统一，而杜撰书中人物的对白则千变万化，端视其身份、阅历、教养、个性而定；或豪迈，或粗鄙，或刁滑，或冷隽，或笑料百出，不一而足。

在本书林林总总的小说人物中，描写得最生动有趣的是"九股烟"乔茂。这虽是个猥琐不堪、人见人厌的镖行小丑，却是小兵立大功，起到"穿针引线"和"药中甘草"的作用；特具喜感，很值得一述。

按：书中写"九股烟"乔茂这个小人物的言行举止，活脱是西班牙骑士文学名著《魔侠传》（Don Quijote，或译《唐吉诃德》即"梦幻骑士狂想曲"）的主人翁吉诃德先生（按：Don 音译为"唐"，是西班牙人对先生的尊称）之化身。若无此甘草人物穿针引线，误打误撞地追踪到贼窟，也许咱们的俞老英雄就真格让飞豹子给"憋死"了。而在作者正、反笔交错嘲讽下，乔茂的刻薄嘴脸、小人心性以及色厉而内荏的思想意识活动，几乎跃然纸上；堪称是"天下第一妙人儿"！

据称，此人原是个积案如山的毛贼，专做江湖没本钱的买卖；长得獐头鼠目，其貌不扬。他生平没别的本领，却最擅长轻功提纵术，有夜走千家之能。曾有一宵神不知鬼不觉地连偷九家高门大户，遂得诨号"九股烟"；兼又姓乔，故又名"瞧不见"。

这乔茂混到铁牌手胡孟刚的振通镖局做镖师，因嘴上刻薄，常得罪人，谁也看他不起。譬如在起镖前夕，他一开口就说："这趟买卖据我看是'蜜里红矾'，甜倒是甜——"别人拦着他，不教他说"破话"（不吉利）；他却一翻白眼道："难道我的话有假么？人要是不得时，喝口凉水还塞牙！"等到押镖行至中途，贼人前来踩探，他又龇牙咧嘴说着风凉话："糟糕！新娘子给人相了去，明天管保出门见喜！"

果然，"飞豹子"四面埋伏，伤人劫镖，闹了个"满堂红"，人人挂彩！乔茂死里逃生，心有不甘；为求人前露脸，遂冒险追蹑敌踪，却又教人给逮住，身入囹圄。好不容易自贼窝逃生，奔回报讯；众家镖客正为那伙无影无踪的豹党发愁，急着要问镖银下落，他老小子可又"端"起来啦——"找我要明路？就凭我姓乔的，在镖局左右不过是个废物！咱们振通镖局人才济济，都没有寻着镖，我姓乔的更扒不着影了！"活脱一副小人得志之状，溢于言表。

于焉经过众镖客一番灌迷汤、戴高帽，总算在"乔大爷"口中探得了镖银下落；再派出三侠陪他前去进一步探底——这下姓乔的可不能说是"瞧不见"啦！孰料三侠皆看不起乔茂为江湖毛贼出身，乃背着他自行踩探敌人虚实。作者在此描写乔茂自言自语的心理反应，有怨愤，有讥诮，有得意，精彩迭出，令人不禁拍案叫绝。且看乔茂躺在床上假寐，是怎么个骂法：

> "你们甩我么，我偏不在乎，你们露脸，我才犯不上挂火。你们不用臭美，今晚管保教你们撞上那豹头环眼的老贼，请你们尝尝他那铁烟袋锅。小子！到那时候才后悔呀，嘻嘻，晚啦！我老乔就给你们看窝，舒舒服服地睡大觉，看看谁上算！"……忽然一转念："这不对！万一他们摸着边，真露了脸，我老乔可就折一回整个的！……教他们回去，把我形容起来，一定说我姓乔的吓破了胆，见了贼，吓得搭拉尿！让他们随便挖苦。这不行，我不能吃这个，我得赶他们去……"

可"九股烟"乔茂说的比唱的还好听！一旦遇了敌，只有逃命逃得"一溜烟"的份儿。请再看他躲在高粱地里恨天怨地的一折：

158

九股烟乔茂从田洼里爬起来，坐在那里，搔头，咧嘴，发慌，着急，要死，一点活路也没有。又害怕，又怨恨紫旋风、没影儿、铁矛周三个人："这该死的三个倒霉鬼，你们作死！若依我的意思，一块儿奔回宝应县送信去，多么好！偏要贪功，偏要探堡。狗蛋们，你妈妈养活你太容易了。你们的狗命不值钱，却把我也饶上，填了馅，图什么！

值得特别注意的是，作者系以乔茂的"单一观点"贯穿本书第三十六、三十七章来叙事；所有的故事情节皆通过其心中想、眼中看、耳中听分别交代。这种主观笔法洵为现代最上乘的小说技巧；而白羽运用自如，下笔若有神助，的确妙不可言。

向《武术汇宗》取经与活用

据冯育楠《泪洒金钱镖——一个小说家的悲剧》一文的说法，当初白羽同道至交郑证因曾推荐一本万籁声所著《武术汇宗》给白羽参考。万氏曾任教于北平农业大学，为自然门大侠杜心五嫡传弟子；其书包罗万象，皆真实有据，为国术界公认权威之作。白羽仗此"武林秘笈"走江湖，并以文学巧思演化其说，遂无往而不利矣。

《十二金钱镖》书中除一般常见的内外家拳掌功夫、点穴法、轻功、暗器以及各种奇门兵器的形制、练法外，还有著名的"弹指神通""五毒神砂"和"毒蒺藜"三种，值得一述。其中白羽杜撰的"弹指神通"功夫曾在二十年后金庸《射雕英雄传》（1957）与卧龙生《玉钗盟》（1960）中大显神威；但系向壁虚构，不足为奇。而另两种毒药暗器则实有其事，殆非穿凿附会之说。

经查万籁声《武术汇宗》之《神功概论》一节所云："有操'五毒神砂'者，乃铁砂以五毒炼过，三年可成。打于人身，即中其毒；遍体麻木，不能动弹；挂破体肤，终生脓血不止，无药可医。如四川唐大嫂即是！"此书写于民国十五（1926）年，如非捏造，则"四川唐大嫂"至少是存在于清末民初而实有其人。于是"四川唐门"用毒之名，天下皆知；而首张其目用于武侠小说者，正是白羽。

如本书第十四章侧写山阳医隐弹指翁华雨苍生平以"弹指神通""五毒神砂"威震江湖！第十五章写狮林观主一尘道长武功绝世，却为毒蒺藜所伤，不治身死；后来方追查出此乃四川唐大嫂一派独门秘传的毒药暗器。而另据《血涤寒光剑》第八章书中暗表，略谓"毒蒺藜"与"五毒神砂"系出同源，皆为苗人秘方；"真个见血封喉，其毒无比"！而四川唐大嫂更据以研制成多种毒药暗器，结怨武林云。

此外，谈到轻身术方面，过去一般只用飞檐走壁、提纵术或陆地飞腾功夫，罕见有关轻功身法之描写（还珠楼主偶有例外）。而自白羽起，则大量推出各种轻功身法名目；例如"蹬萍渡水""踏雪无痕""一鹤冲天""燕子钻云""蜻蜓三点水"及"移形换位"等。究其提纵之力，则至多一掠三数丈；此亦符合《武术汇宗》所述极限，大抵写实。

再就描写上乘轻功所产生的特殊效果及用语而言，像"疾如电光石火，轻如飞絮微尘""隐现无常，宛若鬼魅"等，皆富于文学想象力与艺术感染力。凡此多为后学取法，奉为圭臬；甚至更驰骋想象，渲染夸张无极限。恕不一一举例了。

开创"武打综艺"新风

　　白羽在《十二金钱镖》第七十二章作者夹注中说："羽本病夫，既学文不成，更不知武。其撰说部，多由意构，拳经口诀徒资点缀耳。"然"文武之道，一张一弛"，实无可偏废。因此白羽既不能完全避开武打描写，乃自出机杼，全力酝酿战前气氛；对于交手过招则兼采写实、写意笔法，交织成章，着重文学艺术化铺陈。孰知此一扬长避短之举，竟开创"武打综艺"新风，殆非其始料所及。

　　在此姑以第四十章写镖客"紫旋风"闵成梁夜探贼巢，以八卦刀拼斗长衫客（即飞豹子所扮）的一场激战为例；便知作者虚实并用之妙，值得引述如次：

　　　　紫旋风收招，往左一领刀锋，身移步换；脚尖依着八卦掌的步骤，走坎宫，奔离位。刀光闪处，变式为"神龙抖甲"，八卦刀锋反砍敌人左肩背。长衫客双臂往右一拂，身随掌走，迅若狂飙。……一声长笑，"一鹤冲天"，飕的直蹿起一丈多高；如燕翅斜展，侧身往下一落。紫旋风微哼一声，"龙门三激浪"，往前赶步，猱身进刀；"登空探爪"，横削上盘。这一招迅猛无匹，可是长衫老人毫不为意，身形一晃，反用进手的招数，硬来空手夺刀。倏然间，施展开"截手法"，挑、砍、拦、切、封、闭、擒、拿、抓、拉、撕、扯、括、抹、打、盘、拨、压十八字诀。矫若神龙掠空，势若猛虎出柙；身形飘忽，一招一式，攻多守少。

像这种轻灵、雄浑兼具的笔法，奇正互变，实不愧为一代武侠泰斗！因为此前没有人这样写过，有则自白羽始。特其因势利导，将八卦方位引入武打场面，且活用成语化为新招，则又为说部一大创举。后起作家凡以"正宗武侠"相标榜者，无不由此学步，始登堂入室。惟白羽地下有知，恐亦啼笑皆非——原来"现实人生"之吊诡竟一至于此！念念"怕出错"的比武却成为康庄大道！这个历史的反讽太绝太妙，实在不可思议！

结论：为人生写真的武侠大师

综上所述，白羽所谓"无聊文字"——武侠小说竟获致如此高超的艺术成就，诚为异事。然"无聊"不"无聊"仅只是某种道德观或价值判断，并非意味下笔时无所用心，便率尔操觚！相反地，像白羽这样爱惜羽毛、恨铁不成钢的文人，即令是游戏之作，也要别出心裁，不落俗套；况其武侠说部以"现实人生"为鉴，有血有肉乎！

著名美学家张赣生在《民国通俗小说论稿》（1991）一书中曾说："白羽深感世道不公，又无可奈何，所以常用一种含泪的幽默，正话反说，悲剧喜写。在严肃的字面背后，是社会上普遍存在的荒诞现象。"此论一针见血，譬解极当。用以来看《偷拳》写杨露蝉三次"慕名投师"而上当受骗，洵可谓笑中带泪。

白羽早年受鲁迅影响甚深，所以在《十二金钱镖》一举成名后，犹常慨叹："武侠之作终落下乘，章回旧体实羞创作"。其实"下乘"与否无关新旧。试看鲁迅《中国小说史略》亦曾明确指出："是侠义小说之在清，正接宋人话本之正脉，固平民文学之历七百余年而再兴者也。"平民文学即今人所称民俗文学或通俗文学；只要出于艺术手腕，写得成功，便是上乘之作。岂有新文学、纯文学或所谓"严肃文学"必定优于通俗文学之理！

毕竟白羽在思想上有其历史局限性，没有真正认清武侠小说的文学价值——实不在于"托体稍卑"（借王国维语），而在于是否能自我完善，突破创新，予人以艺术美感及生命启示。因为只有"稍卑"才能"通俗"，何有碍于章回形式呢？即如民初以来甚嚣尘上的新文学，其所以于近百年间变之又变，亦是为了"通俗"缘故。惜白羽不见于此，致有"引以为辱"之痛！

但无论如何，他的武侠小说绝不"无聊"；其早年困顿风尘、血泪交织的人生经验，都曾以各种曲笔、讽笔、怒笔、恨笔写入诸作，实无殊于"夫子自道"。据白羽哲嗣宫以仁君在《论白羽》一文中透露："《武林争雄记》拟以其本人曲折经历为模特儿，故在写作过程中反复改动，多次毁稿重写。郑证因曾对白羽家人叹息说：'竹心（白羽本名）太认真了！混饭吃的东西，何必如此？'……"见微知著，料想其他诸作亦曾大事修删，方行定稿。是以报上连载小说与结集出版后的成书内容、文字颇有不同。

由是乃知白羽珍惜笔墨逾恒；其文心所在，莫非为人生写真！无如社会现实太残酷，"末路英雄"悲穷途！只好用"含泪的幽默"来写无毒、无害、有血、有肉的武侠传奇；聊以自嘲，聊以解忧。

清代大诗家龚自珍的《咏史》诗有云："避席畏闻文字狱，著书只为稻粱谋。"白羽写武侠书可有定庵先生"正言若反"之意？也许除了"为稻粱谋"外，他的潜意识中还有为武侠小说别开生面的灵光在闪耀；因能推陈出新，引起广大共鸣。

其故友叶冷是最早看出白羽武侠传奇"与众不同"的行家。

1939 年他写《白羽及其书》一文，即曾把白羽和英国传奇作家史蒂文森（R. L. B. Stevenson，以《金银岛》小说闻名）相比，认为白羽的书真挚感人，能"沸起读者的少年血"。实非过誉之辞！

整理后记

　　《子午鸳鸯钺》，北平北京书店 1946 年 5 月初版，一册，共六章；1947 年 3 月，上海平津书店改名《弹剑记》出版，删去第六章，剩五章。本次出版，恢复《子午鸳鸯钺》原书名，恢复第六章。

图书在版编目(CIP)数据

子午鸳鸯钺／白羽著. — 北京：中国文史出版社，
2017.1

（民国武侠小说典藏文库·白羽卷）

ISBN 978 – 7 – 5034 – 8381 – 3

Ⅰ．①子… Ⅱ．①白… Ⅲ．①侠义小说 – 中国 – 当代
Ⅳ．①I247.5

中国版本图书馆 CIP 数据核字(2016)第 256742 号

整　　理：周清霖
责任编辑：马合省　卢祥秋

出版发行：中国文史出版社

网　　址：http://www.chinawenshi.net

社　　址：北京市西城区太平桥大街 23 号　邮编：100811

电　　话：010 – 66173572　66168268　66192736（发行部）

传　　真：010 – 66192703

印　　装：北京盛彩捷印刷有限公司

经　　销：全国新华书店

开　　本：720×1020　1/16

印　　张：11.75　　字数：126 千字

版　　次：2017 年 1 月第 1 版

印　　次：2018 年 6 月第 2 次印刷

定　　价：35.00 元